À L'ENCRE DE NOS VIES

MONTGOMERY INK

CARRIE ANN RYAN

À L'ENCRE DE NOS VIES

Une romance Montgomery Ink
Tome 7.3
Carrie Ann Ryan

À l'encre de nos vies
Une novella Montgomery Ink
par Carrie Ann Ryan
© 2017 Carrie Ann Ryan
eBook ISBN : 978-1-63695-092-1
Paperback ISBN : 978-1-63695-093-8

Traduit de l'anglais par Alexia Vaz pour Valentin Translation

Pour plus d'informations, abonnez-vous à la LISTE DE DIFFUSION de Carrie Ann Ryan.
Pour communiquer avec Carrie Ann Ryan, vous pouvez vous inscrire à son FAN CLUB.

À L'ENCRE DE NOS VIES

Grayson Cleary a quitté la ville avant la remise de diplômes, sans un regard en arrière. La plupart de ceux qui sont restés le considèrent comme un marginal. Avec le temps, il s'est efforcé de faire quelque chose de sa vie, laissant son passé derrière lui. Ainsi, quand arrive la fête des anciens élèves dix ans plus tard, il n'a aucune intention d'y assister. Lorsque son meilleur ami le supplie de venir, Grayson se trouve confronté à un passé qu'il préférerait oublier et à la femme qu'il a toujours désirée.

Kate St Dalton avait tout pour elle quand elle a quitté sa ville natale. Non seulement était-elle une élève brillante, tête de classe, avec une bourse universitaire, mais elle était fiancée avec le garçon de ses rêves. Mais le destin lui a mis des bâtons dans les roues et elle a dû trouver un moyen de mener la nouvelle vie que le sort lui avait imposée. La dernière chose dont elle a besoin, c'est que le mec canon du lycée revienne en ville, incarnant l'homme sexy dont elle a toujours rêvé.

Quand ils tentent leur chance et enflamment les draps à l'occasion d'une fête d'anciens élèves, ils ne doivent pas oublier qu'il s'agit seulement de quelques nuits et non de la vie entière. À eux de décider s'ils vivent une histoire d'un soir... ou bien plus qu'un simple corps à corps.

CHAPITRE UN

GRAYSON CLEARY ENROULA ses doigts autour du tuyau de plomb sous lui et grogna, agacé que cela lui prenne si longtemps pour finir son travail. Il souffla, resserra sa poigne et tira. Le tube qu'un idiot avait bloqué sous la remorque du camion relevée au-dessus de lui s'arracha dans un crissement et faillit lui tomber sur le crâne.

Il jura, roula de sous le véhicule et adressa un doigt d'honneur à ses amis quand Brody se pinça les lèvres en retenant son rire.

— Tu t'es cogné ? demanda Brody d'un air légèrement inquiet.

On pouvait lui accorder ça. Maintenant qu'il avait une femme dans sa vie, il essayait au moins d'agir comme s'il était plus attentionné que les autres de la boutique.

Grayson secoua la tête.

— Ça n'est pas passé loin.

Il tint la tige au-dessus de lui.

— Pourquoi ce mec a-t-il pensé qu'avec ça, son camion donnerait l'impression d'avoir un plus gros moteur ? Ça n'a rien fait à part coincer tout le mécanisme quand il a tenté de monter une colline.

Brody haussa les épaules, essuya ses mains sur l'un des chiffons du garage.

— Il a vu ça sur YouTube, apparemment.

Grayson se pinça l'arête du nez, un mal de tête arrivant rapidement, puis il se souvint que ses doigts étaient encore recouverts de graisse de moteur et Dieu seul savait ce qu'il avait d'autre sur la peau. Il blasphéma à nouveau. Merci, mon Dieu, ils n'étaient pas dans la partie publique du garage, sinon Grayson aurait déjà été viré depuis belle lurette. Les jurons lui venaient naturellement, et cela faisait longtemps qu'il n'avait pas assumé un poste dans lequel il se préoccupait des mots qui franchissaient ses lèvres.

Étant donné que sa meilleure amie, Leah, était encore plus vulgaire que lui, il se disait que cela pouvait être bien pire.

— Au moins, je ne dois pas nettoyer autant de

serrures ou réparer autant de portes enfoncées qu'avant, ces derniers temps, puisque cette vidéo virale avec les balles de tennis semble avoir perdu de son effet.

Grayson alla vers l'évier après avoir laissé tomber la barrer en métal sur le plan de travail, puis il se lava les mains. Il ne pourrait jamais retirer toute la graisse de sous ses ongles (les aléas du métier qu'il aimait), mais elles seraient déjà plus propres.

— Combien d'idiots ont cassé leur fenêtre en essayant de faire passer de l'air dans leur serrure ? s'enquit Brody en secouant la tête. Enfin, ça rapporte de l'argent au garage, mais quand même.

Grayson souffla et jeta un coup d'œil au-dessus de leur zone de travail, enleva sept minutes et ajouta une heure. Cette fichue horloge n'affichait pas la bonne heure depuis quatre ans, maintenant, mais le propriétaire aimait garder tout le monde alerte. Désormais, faire des maths pour comprendre quelle heure il était sans avoir à sortir son smartphone, au risque de l'abîmer à cause de la graisse, était devenu une seconde nature. Il préférait donc calculer plutôt que de trouver une échelle pour la réparer, ce qui indiquait quelque chose sur lui, mais il ne savait pas quoi. Au moins, il n'était pas le seul à se laisser porter par le courant.

— Ce sont des idiots, c'est certain, répondit-il d'un air absent. J'ai fini pour la journée.

Il fit un signe vers le camion qui était toujours surélevé.

— Rick voulait s'occuper du changement d'huile quand il viendra, demain. Une fois que ce sera fait, je ferai un petit tour du véhicule pour m'assurer que le tuyau n'a provoqué aucun dommage permanent.

Brody souffla.

— J'ai fini aussi. Et, oui, je n'ai pas vraiment envie de penser à ce qu'auraient pu coûter les dégâts causés par l'expérience de ce gars.

— C'est sa faute s'il suit les vidéos d'un débile.

Grayson nettoya son côté du plan de travail et écrivit quelques notes pour le lendemain, et Brody en faisait de même.

— Tu veux aller boire une bière avant de rentrer chez toi ?

Brody secoua la tête.

— Je ne peux pas. Holly s'accorde une soirée de libre sans correction de copies, donc je l'emmène dîner avant qu'on s'envoie en l'air sur le nouveau canapé.

Grayson ricana en attrapant ses affaires.

— Ça ne la dérange pas que tu racontes au

monde entier tes plans cul ? Attends, vous avez vraiment des plans cul ?

Brody sourit comme un homme qui n'était pas seulement amoureux, mais qui s'envoyait également en l'air régulièrement.

— Elle adore les listes et j'adore être sûr qu'elle puisse cocher des cases. Qu'est-ce que je peux dire ? Les ébats sur le canapé, c'est marrant, et si elle peut utiliser des autocollants brillants sur sa liste de choses à faire une fois que je l'ai fait jouir, alors tout va pour le mieux.

Grayson ne comprendrait jamais les personnes impliquées dans des relations à long terme. Ils étaient vraiment un groupe de gens bizarres et sans règles.

— Si tu le dis, mec.

— Peut-être que tu peux passer prendre Leah et aller boire une bière, si tu as soif.

L'homme fit un clin d'œil et Grayson leva les yeux au ciel.

— Je ne couche pas avec Leah. Je n'ai jamais couché avec elle. Je ne le ferai jamais.

Il frissonna rien qu'en y pensant.

— Quoi ? Elle est sexy. Tu dois bien l'admettre. Et elle est sacrément intelligente. C'est généralement ton type de nana, non ?

Brody enfila sa veste en cuir légère, puisqu'il

était venu en moto au travail. Elle était peut-être un peu trop chaude, mais il avait promis à sa copine de rester en sécurité.

Grayson se figea.

— Je ne savais pas que j'avais un type de filles.

Le fait que Brody ait juste décrit non seulement la dernière femme avec qui il coucherait, mais également la première avec qui il avait voulu s'envoyer en l'air l'inquiétait. Il n'avait pas de type, n'est-ce pas ? Et ce n'était certainement pas *elle*.

Grayson poussa rapidement cette idée loin de sa tête. Il *savait* pourquoi elle envahissait constamment ses pensées et il était impossible qu'il s'engage à nouveau sur cette pente-là.

Brody haussa les sourcils et ricana.

— Si c'est ce que tu veux continuer à te dire...

— Tu n'as pas un canapé à casser, toi ?

— Si, Grayson. Si.

Le mec à ses côtés se mit presque à siffler. Si Grayson ne l'aimait pas autant, il lui aurait probablement foutu son poing au visage juste pour qu'il reste silencieux. Ce n'était pas qu'il était jaloux de l'homme clairement satisfait sur le plan sexuel. D'accord, peut-être qu'il l'était un peu, mais ce n'était pas seulement ça.

Grayson ouvrit la porte pour eux deux et ils

repartirent vers le parking où les employés avaient le droit de se garer. Leur petit garage avait commencé à se développer, récemment, et Grayson avait le sentiment que leur parking ne leur serait plus réservé pendant longtemps. Non pas que cela le dérangeait de travailler davantage, puisque cela signifiait avoir un boulot plus stable, mais il n'aimait pas l'idée de se garer à des kilomètres de là alors que les flocons tenaient bien au sol. Comme il neigeait généralement la nuit à Denver ou le matin, avant que cela puisse fondre, il y avait toujours du verglas. Grayson serait donc dans une mauvaise posture, peu importait ce qu'il faisait.

— Fais attention sur la route, dit-il à Brody quand il passa une jambe par-dessus sa moto.

— Toi aussi. On se voit après le week-end.

Et sur ces mots, l'homme s'en alla, laissant Grayson à côté de son vieux pick-up qu'il avait fait de son mieux pour retaper au fil des ans. Il pouvait s'acheter une nouvelle voiture, désormais, mais il avait passé d'innombrables heures sur son bébé et il ne voulait pas s'en séparer. Lorsqu'il l'avait acquise, il avait à peine eu deux centimes sur son compte, mais il avait eu besoin d'un véhicule pour aller travailler. À ce moment-là, il s'alimentait avec des haricots verts en boîte et de la nourriture que Leah apportait quand il ne pouvait pas se payer lui-même ses courses. Ce n'était pas simple de trouver un job de nos jours, avec uniquement le bac en poche, et de justesse en ce qui le concernait.

Il se glissa dans le pick-up et cogna à plusieurs reprises sa tête contre le volant. Il devait chasser le passé de son esprit et recommencer à vivre. Néanmoins, ce n'était pas facile quand sa meilleure amie ramenait constamment sur le tapis tout ce qu'ils avaient fait avant d'arriver à Denver, ou plutôt ce qu'ils *n'avaient pas fait*.

Grayson roula jusqu'à chez lui, de la musique de ses années lycée rugissant dans les haut-parleurs, puisque ces chansons étaient maintenant diffusées sur la station de *rock classique*. Mon Dieu, seules dix années s'étaient écoulées, mais apparemment, c'était un retour en arrière dans le monde de la musique. Il avait désespérément besoin d'une bière. Il se gara dans son allée, attrapa ses affaires et se dirigea vers la petite maison avec deux chambres qu'il avait achetées avec son sang et ses larmes environ un an auparavant. La banque en était peut-être encore propriétaire, mais il payait chaque mois pour avoir un endroit qu'il qualifiait de *sien*, plutôt que de louer, emprunter ou voler quelque chose.

Il n'était plus cet homme. Il ne l'avait jamais vraiment été, si on prenait la peine de regarder sous la surface. Mais pour ceux qui pensaient le connaître à l'époque, il avait été le décrocheur, le fainéant, le discret au fond de la salle qui n'allait pas faire grand-chose dans sa vie. Ils n'avaient pas vu l'adolescent qui avait deux boulots pour garder un toit sur sa tête et qui allait en même temps à l'école. Ils étaient aveugles face au gamin qui souhaitait faire plus de son existence, mais à qui on n'avait pas accordé sa chance.

Grayson décapsula sa bière et engloutit la moitié, agacé une fois de plus que son esprit soit parti dans cette direction. Il n'était peut-être pas devenu millionnaire, ces dix dernières années, mais il était devenu quelqu'un de meilleur. Pourquoi diable continuait-il de s'en vouloir pour ça ?

Son portable vibra et il le récupéra sur le plan de travail, levant les yeux au ciel en lisant ce qu'il y avait sur l'écran. Il ne souhaitait pas répondre, mais il avait le sentiment qu'elle lui botterait le cul s'il ne le faisait pas. Et puisqu'il n'était pas sûr de pouvoir la supporter (du moins, la plupart du temps), il appuya pour décrocher.

— Qu'est-ce que tu veux, Leah ?

Il but une gorgée d'alcool, ayant besoin de force. Leah et lui étaient amis depuis le lycée et l'étaient restés depuis qu'ils avaient déménagé de Catfish Creek, au Texas, jusqu'à Denver, dans le Colorado.

— J'aime que tu répondes au téléphone de cette façon, maintenant, répliqua-t-elle sèchement. Mon cœur bat franchement la chamade quand il entend ça.

— Fais avec si tu m'appelles tous les jours à la même heure pour m'emmerder sur le même sujet.

— Et pourtant, tu décroches. C'est comme si tu avais peur de moi.

C'était effectivement le cas.

— Je suis juste poli, mentit-il.

— Tu m'aimes, le taquina-t-elle.

— Seulement le mercredi et parce que tu m'as vu nu une fois et que tu n'as pas ri.

C'était une vieille plaisanterie, pourtant il savait que s'il lui disait qu'il l'aimait comme sa meilleure amie ou un membre de sa famille, elle ne se moquerait pas de lui. En rire était la chose la plus facile pour eux deux.

— On avait, genre, quatorze ans, et tu m'as vue nue aussi.

— Et je n'ai pas ri.

— Évidemment que tu n'as pas ri. Je suis une perfection. Bref, je t'appelle parce que j'ai besoin que tu ramènes tes fesses ici.

Grayson se pinça l'arête du nez.

— Je ne viens pas, Leah. Tu ne peux pas m'y obliger.

— Pour l'amour de Dieu, ramène simplement ton cul ici et viens à cette réunion d'anciens élèves.

Quelque chose dans sa voix l'inquiéta. Il se pencha en avant.

— Qu'y a-t-il, Leah ? Tu as besoin que je vienne avec toi ?

— Je vais bien, Grayson Cleary. Inutile de me faire passer pour une demoiselle en détresse.

Il souffla. C'était comme si Dieu interdisait que Leah Camacho admette un jour qu'elle avait besoin d'aide pour quoi que ce soit.

— Pourquoi veux-tu que je vienne à notre réunion des dix ans ? Tu détestais le lycée autant que moi. Pourquoi y retourner ?

— Parce que, Grayson.

Elle ne développa pas davantage, et il souffla. Si elle souhaitait qu'il vienne, c'était bien pour une raison et il avait le sentiment que c'était parce qu'*elle* voulait y aller afin de montrer aux autres qu'elle n'était plus la même personne. Et si Leah avait besoin qu'il y aille... il se disait qu'il devrait effective-ment s'y rendre. Elle avait été son roc pendant une grande partie de sa vie, et il espérait avoir été la même chose pour elle.

— Je n'ai pas renvoyé le carton-réponse à temps, dit-il.

Juste au cas où, il essayait de se sortir de là une dernière fois.

— Je l'ai fait pour toi, il y a déjà des mois. Alors, ramène ton cul ici.

Et sur ces mots, elle raccrocha, laissant Grayson seul dans sa cuisine, tenant son téléphone d'une main et une bouteille de bière presque vide dans l'autre.

Apparemment, il allait à sa réunion des dix ans. Il n'était pas sûr que Catfish Creek soit prête pour que le décrocheur et la fauteuse de trouble de la ville reviennent. Après tout, la ville n'avait jamais été prête pour eux, pourquoi le serait-elle maintenant ?

Catfish Creek, au Texas, n'avait en quelque sorte pas changé tant que ça au fil des dix ans que Grayson avait passés loin de là. Mais sur d'autres plans, il ne pouvait pas la reconnaître. La commune était à environ trois heures à l'ouest de Dallas. Oui, les Texans mesuraient la distance en temps plutôt qu'en miles, en général. C'était une petite ville typique du

Texas où le football américain régnait en maître et où les vendredis soir étaient consacrés aux matchs et aux endroits où faire la fête ensuite.

Grayson n'avait pas fait partie de l'équipe, mais il avait vécu suffisamment de temps ici pour savoir ce qu'il se passait pour ceux qui n'avaient pas à assumer deux boulots afin que leur famille garde un toit sur la tête.

Il y avait toujours l'artère principale, qui arborait ses points de repère typiques, mais elle avait considérablement grandi depuis qu'il était parti et que sa famille s'était rapprochée de Dallas pour le nouveau travail de sa mère. La Grange, la boîte de nuit du coin où l'on pouvait se saouler, n'avait vraisemblablement pas eu de coup de peinture sur sa devanture, depuis son départ. Mais, Frank Dallas, le propriétaire et ancien cowboy s'intéressait généralement plus à ce qu'il y avait à l'intérieur qu'à l'impression qu'il donnait aux inconnus et aux passants.

Le Hamburger Shack tenait encore debout, même s'il avait apparemment été retapé ces dix dernières années. Il y était allé avec Leah et ses sœurs cadettes à plusieurs reprises quand il avait de l'argent supplémentaire pour les gâter, puisque le Shack avait les meilleurs burgers bien gras et les frites les plus épicées de ce côté d'Abilene.

Il y avait quelques nouveaux bâtiments et des rues plus larges dans lesquelles se trouvaient des chaînes de restaurant et des centres commerciaux. Et il y avait même quelques nouvelles rues qui partaient vers des quartiers récents. La ville avait grandi pendant son absence, mais il n'en était pas du tout surpris. Catfish Creek donnait peut-être une impression de petite commune, mais quelques universités chrétiennes avaient attiré des hordes d'étudiants, de travailleurs et de professeurs. En conséquence, des boulots avaient été créés, appâtant d'autres familles. Les localités sans une telle activité ou une ressource naturelle à exploiter mouraient lentement pendant que le reste du monde avançait.

Donc, même si Grayson retrouvait des aspects familiers de son enfance, Catfish Creek n'était pas exactement comme dans ses souvenirs. Et, honnêtement, il n'était pas sûr de ce qu'il devait faire de cette information.

Leah lui avait réservé une chambre à l'hôtel du coin, où plusieurs anciens élèves qui avaient maintenant déménagé restaient. La plupart rentraient chez leur famille, mais comme la sienne avait quitté la ville peu après lui, il ne pouvait dormir chez personne. Néanmoins, il s'assurerait d'enregistrer sa carte de crédit auprès de l'hôtel étant donné que

Leah avait tendance à vouloir tout payer pour lui, puisqu'elle avait un meilleur salaire. Grayson s'apprêtait à tourner sur le parking de l'hôtel lorsqu'un feu rouge se déclencha. Il leva les yeux au ciel, se rappelant que ce feu était toujours là, et il avait le sentiment qu'au moins, cela n'avait pas changé ces dix dernières années.

Il souffla quand il remarqua qui se tenait devant un bâtiment sombre, de l'autre côté de la rue. Bien sûr, elle était la première personne qu'il voyait lors de son retour. Il n'était même pas encore sorti de sa voiture et n'avait même pas mis un pied en ville qu'il l'apercevait.

Kate Williamson.

Major de sa promotion, elle était brillante et talentueuse. Kate, avec les longs cheveux châtains dans le vent, qui semblait étinceler encore plus maintenant qu'à l'époque, quand il la désirait au lycée. Naturellement, il était presque certain qu'elle ne connaissait même pas son nom. Leur lycée avait été assez grand pour qu'ils puissent y jouer au golf, et les restrictions de zone avaient été restructurées de façon que la même école publique accueille sa famille qui vivait dans la pauvreté et les enfants Williamson et St Dalton. Tant qu'on s'occupait du football, tout le reste suivait.

Il resserra ses doigts sur le volant quand Kate entra dans le bâtiment, fermant la porte derrière elle. Il n'arrivait pas à croire qu'il réagissait toujours de cette façon rien qu'en l'apercevant brièvement. Elle lui avait parlé à plusieurs reprises dans sa vie, oubliant probablement bien vite qui il était ensuite. Ils ne fréquentaient pas les mêmes cercles et pourtant, il ne pouvait empêcher ses réactions injustifiées.

Elle avait été la première fille pour laquelle il avait eu un faible, la seule du lycée qui l'avait fait sourire, en dehors de son amitié avec Leah. Rien n'en avait jamais découlé, bien sûr. Elle était sortie avec Jason St Dalton pendant tout le lycée et, si lui avait tout le temps des C, elle n'obtenait que des A. Toutefois, ses rêves s'étaient accrochés à ces possibilités.

Et désormais, il avait l'impression d'être un loser de première classe, peut-être même un harceleur parce qu'il avait *pensé* à elle ainsi à l'époque... et encore maintenant.

Quelqu'un klaxonna derrière lui et il jura, remarquant que le feu était vert. Il lâcha le frein, appuya sur l'accélérateur et tourna sur le parking de l'hôtel. Cinq minutes dans cette ville et il souhaitait déjà faire demi-tour pour repartir à Denver. Il se gara et coupa le moteur, prenant de calmes inspirations. Il avait pris sa semaine, même s'il n'avait pas voulu le faire, mais son patron s'en moquait. Grayson ne prenait *jamais* de congés puisqu'il avait besoin de tout l'argent qu'il pouvait avoir, mais entre Brody et quelques autres mecs, ils l'avaient aisément remplacé. Après tout, il avait fait la même chose pour eux à d'innombrables reprises. Il avait aussi décidé de faire le trajet de douze heures en voiture plutôt que de prendre l'avion. Non seulement c'était moins cher, mais il avait également eu le temps de réfléchir et de se préparer à ce qu'il s'apprêtait à faire.

Bien sûr, toute cette planification était passée par la fenêtre dès qu'il avait vu Kate. Apparemment, les vieux fantômes ne s'évanouissaient pas comme ils devraient le faire.

Grayson Cleary était un décrocheur de la classe de 2007, qui n'était pas réellement un mauvais élève. Il avait obtenu son diplôme quelques mois après tout le monde, mais il l'avait fait par correspondance puisqu'il avait quitté la ville aussi vite que possible. S'il avait de la chance, personne ne le reconnaîtrait ou ne s'intéresserait à son retour. Après tout, il était juste le dégénéré de la ville, rien d'important.

Une fois qu'il eut la clé de sa chambre, il jeta ses affaires sur le petit lit simple et retourna vers son pick-up. Leah lui avait dit qu'il devait aller voir le comité des anciens élèves pour récupérer son paquet ou une autre merde dans le genre. Apparemment, certaines choses allaient se dérouler pendant la semaine avant les retrouvailles, mais il savait qu'il était hors de question qu'il y participe. Il était censé retrouver Leah pour une bière, plus tard, à la Grange, mais il était conscient que cela n'arriverait probablement pas non plus. Il était épuisé à cause du trajet qui avait commencé bien trop tôt le matin, et il avait juste envie de dormir.

Pour l'instant, il conduisait en direction de l'école, passant à côté du terrain de football qui semblait encore plus grand qu'auparavant. Il se gara sur le parking visiteur. Grayson plissa les yeux en se frottant la mâchoire, une brusque douleur irradiant dans ses gencives avant de se transformer en élancement sourd.

Eh, merde. Il avait serré ses dents pendant tout le voyage, malgré les vues du Colorado, et il était presque sûr d'avoir brisé l'une de ses couronnes.

Nom de Dieu.

S'il devait trouver un dentiste à Catfish Creek, en route pour cette fichue réunion à laquelle il ne voulait même pas aller, Leah lui devrait plus qu'une bière. Bon sang, elle lui devrait même plus qu'un fût.

Ignorant la douleur dans sa mâchoire, il se fraya un chemin vers le bâtiment central de l'école où l'e-mail que Leah lui avait transféré disait d'aller. Les cours étaient terminés pour l'année, donc au moins, il n'y avait pas de fourmillement d'activités, pas de névrose ni de contradiction adolescente.

Heureusement, une pancarte indiquait qu'il fallait s'enregistrer sur la droite, donc il passa devant le bureau du principal. Pendant leur scolarité, Leah s'y était rendue plus souvent que lui, mais il n'avait toujours pas envie de parcourir ce chemin rempli de souvenirs.

Il se figea quand il reconnut la femme derrière la table préparée pour la fête des retrouvailles. Elle semblait un peu plus vieille que lorsqu'elle était au lycée, mais son maquillage le camouflait en grande partie. Elle avait encore ses cheveux d'un blond écarlate, coiffé à la mode actuelle, et il lui lança un sourire malicieux.

Bien sûr, Karly Stocker était à la tête du Comité des Anciens Élèves. Qui pouvait organiser autant de choses à la fois ? Elle était comme une dictatrice amoureuse du contrôle.

— Salut, toi, dit-elle avec un sourire brillant.

Son regard parcourut son jean usé ainsi que son tee-shirt délavé qui démontrait le fait qu'il travaillait dur avec son corps et à la lumière du jour. Il avait pris du muscle depuis le lycée et avait les abdomi-

naux pour le prouver. À la façon dont Karly l'étudiait attentivement, il supposait qu'elle aimait ce
qu'elle voyait.

Il avait le sentiment qu'une simple douche ne le
débarrasserait pas de cette sensation immonde, du
moins pas tout de suite.

Lorsqu'elle observa son visage, elle plissa les
yeux.

— Grayson Cleary. Je ne pensais pas que tu vien-
drais vraiment.

Il allait tuer Leah.

Lentement.

Il s'éclaircit la gorge.

— Je suis là.

Elle ricana.

— Un homme de peu de mots, comme d'habi-
tude. Je suis un peu surprise que le reste du comité se
soit mis d'accord sur ton invitation, mais tu es là.
Enfin, *la plupart* des gens qui vont venir cette
semaine ont véritablement eu leur diplôme.

Elle gloussa, et Grayson serra la mâchoire. Une
douleur aveuglante choqua son système nerveux et il
retint un juron. Il ne voulait *pas* aller chez le
dentiste. Visiblement, dans les jours qui viendraient,
il n'obtiendrait rien de ce qu'il voulait.

— J'ai reçu l'invitation, dans tous les cas.

Elle roula ses épaules vers l'arrière.

— Oui, on dirait bien. Et Leah est inscrite aussi.

Elle plissa les yeux une nouvelle fois.

— Vous vous êtes enfin mariés, tous les deux ? Son nom de famille n'a pas changé, mais la connaissant, elle a dû le garder après votre union. Elle est l'une de *celles*-là. Les féministes.

Elle cracha le mot comme si c'était une mauvaise chose que les femmes aient besoin de droits équivalents à ceux des hommes.

C'était typiquement Karly.

— On est juste amis. Comme on l'était avant.

Elle ricana mielleusement, même s'il n'y avait rien de doux chez elle.

— Bien sûr, chéri. Si tu le dis.

Elle feuilleta un tas d'enveloppes avant de lui en tendre une.

— Voici le planning des événements et les choses dont tu auras besoin pour la réunion. Le barbecue est ce soir si tu as envie de venir.

Elle observa une nouvelle fois ses vêtements.

— Et souviens-toi, les véritables retrouvailles se feront lors d'un bal masqué. C'est un gala avec des déguisements, si tu ne sais pas ce que ça veut dire, déclara-t-elle après une pause.

Une fois encore, il ignora la douleur lorsqu'il serra la mâchoire.

— J'ai vu la description dans l'e-mail.

— Évidemment, chéri. Assure-toi de t'habiller comme il faut, sinon on ne te laissera pas entrer.

Elle gloussa à nouveau, et il se retint à peine de lever les yeux au ciel.

— Merci, Karly.

Elle balaya son remerciement d'un geste de la main, un énorme diamant visible sur sa main gauche.

— Au revoir, Grayson Cleary. Je suis sûr que nous te reverrons dans le coin.

La façon dont elle le dit lui fit penser que dès qu'il aurait le dos tourné, elle allait envoyer un message à une personne qu'elle connaissait, du moins quelqu'un que cela pourrait intéresser, pour l'informer qu'il était de retour et qu'il était encore un plus gros loser que jamais.

Cela faisait dix putains d'années, mais apparemment, il était à nouveau au lycée.

CHAPITRE DEUX

KATE ST DALTON, anciennement Williamson, n'avait pas seulement manqué le petit déjeuner, mais l'horloge indiquait maintenant seize heures, donc elle était presque sûre d'avoir raté le déjeuner également. Si ses meilleures amies Rae ou Tessa la voyaient, elles lui hurleraient probablement dessus. D'accord, Tessa lui ferait sans doute un sermon sévère puisqu'elle était une infirmière diplômée qui avait aussi tendance à sauter des repas, et Rae lui tendrait calmement un paquet de gourmandises. Mais tout de même, elle savait que ne pas manger n'était pas la chose la plus intelligente du monde.

Enfin, cela faisait longtemps qu'elle n'avait rien fait de malin.

— Kate, prépare-moi le dossier Walker, tu veux bien ? demanda le docteur Ballard en avançant vers son bureau.

Il ne prit même pas la peine de la regarder. Il le faisait souvent, donc ce n'était pas surprenant, mais un jour, ce serait sympa s'il pouvait lui jeter un coup d'œil. Ou lui dire *s'il vous plaît*.

Le Dr Anton Ballard avait son âge et avait été dans sa classe. Il avait été le deuxième de la promotion, et elle, la première. Au fil des ans, il ne l'avait jamais laissé oublier cela. Bien qu'ils soient tous les deux partis respectivement à l'université A&M et à UT Austin, c'était lui qui avait obtenu son diplôme et qui était maintenant un dentiste extrêmement réputé à l'ouest du Texas.

Kate n'avait fait qu'un semestre avant d'être obligée d'abandonner à cause de la naissance de son fils, West. Son mari n'avait pas voulu qu'elle en fasse trop et lui avait *promis* qu'elle pourrait retourner à l'université dès que le petit serait suffisamment âgé pour aller à la maternelle. Bien sûr, elle avait ensuite eu Liliana moins de deux ans plus tard et n'avait pas eu le temps de reprendre les cours à l'université. Jason St Dalton n'avait pas de temps à consacrer à grand-chose, apparemment.

Y compris leur union.

Anton (Dr Ballard) l'avait *aimablement* acceptée pour qu'elle travaille pour lui, lorsque son mariage avait échoué et qu'elle avait réaménagé à Catfish Creek afin d'être près de ses parents. Elle n'avait que le Bac avec un semestre ou deux d'université validés sur son CV, grâce aux cours du soir. Personne ne l'aurait engagé avec le salaire qu'elle gagnait maintenant, mais à ce moment-là, elle se disait qu'Anton avait voulu être sympa avec elle.

Au lieu de ça, elle découvrait qu'il souhaitait lui étaler son succès au visage. Un jour, il avait été second et il refusait que ce soit à nouveau le cas. Kate semblait toujours avoir un train de retour ces jours-ci parce qu'elle suivait le mauvais rêve.

Elle retint un juron face à cette pensée horrible. Ses enfants n'étaient *pas* le mauvais rêve. Peut-être qu'elle n'avait pas utilisé tout son potentiel, comme ses parents le lui rappelaient constamment, mais s'occuper de West et Lili n'était pas une erreur qu'elle avait commise en emménageant à Catfish Creek.

— Kate ? Tu ne m'as pas entendu ? J'ai besoin du dossier Walker.

Elle secoua la tête, s'éclaircissant les idées qui continuaient de lui revenir dans une rapide succession à cause de la réunion des anciens élèves qui aurait bientôt lieu.

— Pardon, il est juste là.

Elle lui tendit le fichier qui était déjà prêt depuis une heure, par anticipation du moment où Anton le demanderait, mais il s'en moquait. Ça ne l'intéressait jamais. Elle n'était qu'une secrétaire pour lui, quelqu'un en dessous de lui qu'il préférerait ne pas payer à moins que ce soit pour lui montrer sa nouvelle voiture où des photos de son parfait nouveau-né que sa femme qui avait toujours l'air d'un mannequin venait de mettre au monde.

Même si Anton ne serait jamais aussi insensible au point d'utiliser le mot *secrétaire*. Non, Kate était son Assistante Administrative (ce qui était assez progressiste pour une ville du Texas). Et c'était exactement ce qu'était Anton. Il était juste assez progressiste pour que les plus jeunes membres l'admirent, et assez chauvin pour être amoureux du patriarcat et prouver à la vieille génération qu'il était l'un des leurs.

La véritable nouvelle génération de Texans.

Anton ne fronça pas les sourcils, mais il lui lança tout de même un regard qui montrait qu'elle l'avait déçu. Bon sang, elle haïssait ce regard. Enfin, elle détestait toutes ses manières de l'observer, ces derniers temps.

— Hmm, j'ai une pause à seize heures trente, n'est-ce pas ?

Elle se retourna vers son ordinateur et vérifia.

— Oui. Même si nous pourrions avoir quelques rendez-vous imprévus, comme d'habitude avec les urgences.

— Hmm.

Anton regarda le fichier et s'en alla sans un mot, laissant une fois de plus Kate avec un léger mal de tête.

Elle était épuisée de travailler à temps plein, de suivre un seul cours du soir pour peut-être obtenir son diplôme dans les vingt prochaines années, et d'être une mère célibataire. Pourtant, elle ne pouvait rien partager de tout ça avec Anton, sinon il trouverait un moyen d'empirer encore la situation. Elle avait su que cet homme était un compétiteur, cela avait été évident quand ils étaient adolescents. Bon sang, elle-même l'avait été, mais chez lui, c'était au-delà du ridicule.

Kate se reconcentra sur son planning lorsque la porte d'entrée s'ouvrit et qu'un individu en jean serré et délavé, ainsi qu'un tee-shirt rouge pénétra dans le bâtiment. Elle cligna des yeux, puisque le soleil texan l'aveugla juste avant que le battant se referme derrière lui. Puis elle fut bouche bée.

Après toutes ses années, le soi-disant bad boy de Catfish Creek était de retour en ville. Non pas que ce garçon ait fait quoi que ce soit de mal au lycée, mais les enfants et les parents n'étaient pas sympas. Tous ceux qui n'avaient pas la bonne allure ou qui n'agissaient pas exactement comme ils étaient censés le faire le vendredi aux matchs de football ou le dimanche à l'église finissaient avec une étiquette quelconque sur le dos.

Grayson Cleary.

Il était canon au lycée. Si canon, en fait, que la fois où Jason l'avait surprise en train de le regarder, avait également été la seule fois où il l'avait poussé. Elle aurait dû comprendre que c'était un signe et le quitter, mais elle avait été stupide et Jason s'était excusé juste après ça.

Néanmoins, elle n'avait toujours pas oublié Grayson Cleary.

Elle n'avait pas cru qu'il reviendrait pour la réunion des anciens élèves, mais pour une quelconque raison, les papillons dans son estomac lui indiquaient à quel point elle était heureuse qu'il soit là.

À quoi pensait-elle ? Elle était une mère célibataire qui n'avait *pas* le temps de reluquer les inconnus canons venant chez le dentiste. En fait, d'après la façon dont il la regardait, elle savait qu'elle devrait probablement dire quelque chose au lieu de le fixer et d'agir comme une idiote.

— Bienvenue, dit-elle après un moment.

Sa voix était bien plus calme qu'elle ne l'aurait cru.

— Que puis-je faire pour toi ?

Pourquoi ne disait-elle pas son nom ni ne mentionnait le fait qu'elle le reconnaissait ? Elle passait vraiment pour l'une de ces pétasses guindées du lycée et elle n'aimait pas ça.

Il s'éclaircit la gorge avant de se frotter la mâchoire.

— Je crois que j'ai cassé ou perdu ma couronne. Je reste à l'hôtel de la rue d'en face et j'ai pensé que je pouvais venir ici pour voir si vous aviez une place pour un rendez-vous de dernière minute.

Elle déglutit difficilement.

— En fait, nous avons un créneau dans vingt minutes, Grayson. On te fera passer à ce moment-là. Il faut juste que tu remplisses quelques papiers.

Il se figea devant elle, la main tendue.

— Tu m'as reconnue ?

Elle souffla avant de lui lancer un grand sourire. Elle avait payé cher pour garder ses dents en bonne santé, autant les montrer.

— Pardon, je ne l'ai pas dit tout de suite. Je suis en mode professionnel. Mais oui, évidemment que je t'ai reconnu. Tu es venu à la réunion des anciens élèves ?

Il n'avait pas dit son nom, donc peut-être qu'il ne savait pas qui *elle* était. Et même s'ils n'avaient pas beaucoup parlé à l'université, cela la rendait tout de même un peu triste qu'il puisse ne pas la reconnaître, même après tout ce temps. Et elle en avait assez.

— C'est ça.

Il s'éclaircit la gorge.

— Tu as l'air en forme, Kate. Je ne savais pas que tu serais de retour à Catfish Creek pour travailler. C'est ton cabinet, alors ? Tu es toujours une Williamson ?

Il sourit en le disant et elle fit de son mieux pour ne pas arrêter de sourire.

— Le docteur Ballard sera ton dentiste. Et, au fait, je m'appelle St Dalton, maintenant, le corrigea-t-elle.

Elle détestait son nom de famille. Mais ses enfants avaient le même et c'était plus facile pour tout le monde si elle le gardait. Cependant, chaque fois qu'elle signait un document, elle était obligée de se souvenir quel échec avait été son mariage.

Le regard de Grayson s'assombrit.

— Oh, ouais, je devine que tu as épousé Jason, alors. Comment va-t-il ?

On aurait dit qu'il se fichait totalement de ce mec, mais au moins, il était assez poli pour le demander.

— Je ne sais pas, répondit-elle d'une voix glaciale. Il n'appelle pas souvent. Nous sommes divorcés.

— J'en suis désolé, répliqua-t-il en tortillant le stylo entre ses mains.

— Je ne le suis pas, rétorqua-t-elle honnêtement.

Elle s'éclaircit la gorge. Elle s'engageait un peu trop sur le sentier des souvenirs.

— Le docteur Ballard pourra te recevoir bientôt. Remplis le reste des papiers et tu pourras entrer. Il faut que je voie ta carte d'identité et ton assurance.

Il lui tendit les feuilles, d'un air pensif.

— Ballard. Le même nom qu'Anton ? Ce n'était pas lui le deuxième de la promo ou un truc comme ça ?

Elle lui lança un autre sourire étincelant, mais vu l'air qu'elle arborait, il comprit qu'il avait la bonne réponse

— Oui.

— Voyez-vous ça, la première et le deuxième qui travaillent ensemble dans un cabinet dentaire, ricana-t-il. Tu t'en es bien sorti, Kate.

Le sourire de la jeune femme devint fragile. Bien sûr, il pensait qu'elle était propriétaire du cabinet avec Anton. Quelle major de promo finirait qu'assistante ?

— Kate, j'ai dit que j'avais besoin de consulter le dossier Anderson, pas le dossier Walker. Tu ne m'écoutes pas ?

Anton sortit et regarda le rendez-vous de dernière minute, se rendant apparemment compte qu'ils n'étaient pas seuls.

— Bonjour.

Il ne reconnut pas du tout Grayson et pour cela, Kate en était désolée.

Elle tendit le dossier Anderson qu'elle avait également préparé sans un mot, même s'il ne l'avait pas demandé. La honte envahit son cou et elle sut que ses joues étaient roses. Il n'y avait rien de mal dans son travail, dans sa vie, mais le regard que les autres lui lançaient quand ils découvraient ce qu'elle était devenue après avoir eu tant de potentiel était toujours difficile à supporter.

Elle haïssait la pitié, la déception et même pire,

elle détestait quand les gens la toisaient comme si elle méritait bien pire.

Elle avait épousé son riche amour de lycée, mais en fin de compte, elle avait fini en crise et un peu brisée à cause de ça.

Anton repartit sans un mot. Kate s'obligea à observer Grayson, ne voulant pas voir l'un de ces regards, mais sachant qu'elle ne pouvait y échapper.

Lorsqu'elle le scruta, cependant, elle ne vit que de la curiosité et... de la colère ? Ça n'avait aucun sens. Pour quelle raison serait-il furieux ? Peut-être parce que Grayson ne remarquait pas vraiment qui il était. Cela faisait peut-être dix ans, mais Anton était toujours autant un crétin qu'avant.

— Je vais remplir ça, dit-il. Merci, Kate.

Elle acquiesça avant de reporter son attention sur son ordinateur, même si elle ne vit rien. Elle avait juste besoin que cette réunion d'anciens élèves se termine. Ensuite, elle pourrait retrouver sa vie normale et son existence bien chargée. Une vie où elle devait trouver un moyen d'exister pour elle et non de faire ce que les autres la poussaient à faire. Ce n'était pas facile, mais Kate n'abandonnerait pas. Elle n'avait pas encore renoncé, malgré ce qu'autrui pouvait penser.

. . .

Lorsque Kate rentra et renvoya la baby-sitter chez elle, elle était prête pour une sieste et un verre de vin. Seulement, il était dix-huit heures et cela signifiait qu'il était l'heure de préparer le dîner, de s'assurer que les enfants avaient fini leurs devoirs de vacances s'ils en avaient, et de les mettre au lit. Ils aimaient tous les deux se doucher le matin, désormais, c'était donc une chose de moins à faire le soir, même si les routines matinales passaient maintenant trop vite et qu'ils étaient constamment un peu à la bourre.

Jason avait détesté qu'ils soient en retard, bien qu'il ne soit jamais à l'heure quand c'étaient *eux* qui l'attendaient. Kate était celle qui appréciait d'être en avance, même si ce n'était pas toujours faisable avec deux enfants dans les jambes. Elle repoussa rapidement ces idées de son esprit en enlevant ses chaussures et en posant son sac à main sur la table basse. Inutile de penser à son ex lorsqu'elle avait à peine le temps de vivre dans le présent.

Sa baby-sitter, Jessica, se trouvait à côté de la porte, ses chaussures aux pieds et son sac sur son épaule lorsque Kate s'était garée. Puisqu'elle avait quelques minutes de retard, ce soir, elle ne lui en voulait pas. Ils étaient au milieu de l'été, après tout, et le camp de vacances pour West et Lili ne durait pas toute la journée, ce qui signifiait que Jessica devait les surveiller jusqu'à ce que Kate rentre à la maison. Elle détestait ne pas être là quand ses bébés descendaient du bus ou revenaient du camp de vacances, mais elle devait aussi payer le loyer et remplir leur panse. Puisque West avait à nouveau une poussée de croissance, il mangeait beaucoup dernièrement.

— Maman ! couina Lili en courant vers Kate pour passer ses bras autour d'elle.

Kate prit sa petite fille dans ses bras avant de reculer. À sept ans, elle aimait toujours les câlins, mais elle n'était généralement pas si démonstrative. Soit Lili avait fait une mauvaise chose au camp dont Kate devrait s'occuper plus tard, soit elle voulait réclamer un jouet. Oh, les joies d'avoir de merveilleux enfants.

— Hé, ma chérie. Tu veux m'aider à préparer le dîner ?

Lili haussa les épaules.

— D'accord.

Elles partirent toutes les deux vers la cuisine où West était assis sur un tabouret à jouer avec sa tablette. Kate se pencha en avant et embrassa le sommet du crâne de son fils qui retint à peine sa grimace.

— Bonjour à toi aussi, mon petit bébé.

— Je ne suis pas un bébé, marmonna-t-il.

— Moi non plus, ajouta Lili.

Kate voulait vraiment ce verre de vin, mais préparer des tacos suffirait pour le moment.

— Nous ne sommes pas en public, donc je ne vais pas t'embarrasser si je t'appelle mon bébé parce que, allô, vous êtes tous les deux mes bébés et vous le serez toujours.

Elle fit un clin d'œil en le disant et ils levèrent tous les deux les yeux au ciel en souriant.

Leur adolescence signerait la mort de leur mère, mais elle passerait outre. Avec un peu de chance. Tous les deux, ils ressemblaient à de minuscules répliques de Kate, seuls leurs yeux étaient plus semblables à ceux de Jason. S'il avait été le petit prodige blond au lycée, elle avait toujours eu un look plus sombre avec des yeux vert pâle. Ses enfants avaient ses cheveux bruns et son teint, mais ils avaient les iris bleus cristallins de Jason. Dire qu'ils étaient époustouflants n'était même pas suffisant.

— Maman ? demanda Lili d'une voix hésitante.

— Oui, Lili ? répondit Kate.

Elle commença à saisir la viande tout en faisant un geste de la main vers le fromage.

— Tu peux râper le fromage pour moi ?

— Bien sûr, dit Lili en s'activant rapidement.

West mit la table, se dirigea vers le placard et sortit une boîte de haricots rouges. Elle aimait sérieusement ses enfants. Ils l'aidaient sans qu'elle ait constamment besoin de la solliciter puisqu'ils ne pouvaient se reposer que l'un sur l'autre. Lili se serait précipitée pour râper le fromage, d'habitude, mais Kate savait qu'elle devait lui demander quelque chose, donc la petite était gênée.

— On peut avoir un chiot ? s'enquit Lili d'une voix si basse que leur mère faillit ne pas l'entendre.

Kate se pinça les lèvres, essayant de ravaler ses larmes. Bon sang, elle allait décevoir ses enfants. Encore. Mais il était impossible qu'ils aient un animal de compagnie maintenant.

— J'aimerais qu'on en prenne un, répondit-elle honnêtement. Mais notre propriétaire a une politique stricte contre les animaux de compagnie et nous ne sommes pas suffisamment chez nous pour adopter un chien ou un autre animal.

Elle soupira.

— Je suis désolée, chérie.

Lili ne croisa pas son regard, mais haussa plutôt les épaules.

— C'est ce que je me disais. C'est rien.

Kate baissa le gaz au maximum et posa la cuillère en bois pour se retourner vers ses enfants.

— Je suis désolée. Vous savez que je le suis. J'avais des chiens et des chats en grandissant et je comprends qu'ils sont une partie géniale de la famille. Mais à moins qu'on déménage encore dans un endroit qui accepte les animaux de compagnie, et qu'on trouve du temps à consacrer à un nouveau membre de la famille, j'ignore si cela arrivera bientôt.

West enveloppa ses bras autour des épaules de Lili et les serra brièvement. Tous les deux, ils se chamaillaient tout le temps, comme des frères et sœurs, mais à d'autres moments, ils étaient vraiment aimants et géniaux. Une fois de plus, Kate dut ravaler ses larmes.

— Ce n'est rien, dit doucement West. On est ensemble, non ?

Kate fit un pas en avant et ouvrit ses bras. Les deux enfants allèrent immédiatement vers elle et elle les serra dans ses bras.

— Si, répliqua-t-elle à voix basse. Si.

Foutu Jason. Foutou Anton. Foutu *Kate* qui n'avait pas fait ce qu'elle aurait dû faire des années plus tôt en restant à l'université. Mais rien de tout ça n'avait plus d'importance. Maintenant, elle devait être une mère à plein temps, une employée à plein temps et une étudiante à temps partiel. Elle pouvait faire tout ça et dormir juste suffisamment pour ne pas s'écrouler.

Ce dont elle n'avait pas besoin, c'était d'un ex-mari qui n'avait pas voulu de la garde de ses enfants, sauf pour narguer Kate avec l'idée de lui enlever ses petits. Elle n'avait pas non plus besoin d'une autre personne qui viendrait dans sa vie et changerait le nouveau chemin qu'elle s'était tracé. Elle avait travaillé dur pour obtenir ce qu'elle avait et elle redoutait qu'en ajoutant quelqu'un, elle gâche tout ce qu'elle avait bâti.

— Maman ? demanda doucement West.

— Oui, chéri ? répondit-elle avant de les embrasser tous les deux sur le haut du crâne.

Ils devenaient si grands, maintenant qu'elle n'avait plus besoin de se pencher autant. Mais étant donné qu'elle ne faisait pas beaucoup plus d'un mètre cinquante-deux, ça ne disait pas grand-chose.

— Je crois que la viande crame.

— Merde.

— Tu as dit un gros mot, gloussa Lili. Tu mets cinq dollars dans le bocal.

Kate plissa les yeux en mélangeant la viande, heureuse que seule une petite partie ait un peu bruni.

— Depuis quand c'est cinq dollars pour un gros mot ? s'enquit-elle. Je pensais qu'on en était un vingt-cinq cents.

— L'inflation, répliqua West en acquiesçant sagement.

Kate éclata de rire.

— Qu'est-ce que tu connais de l'inflation ?

West lui adressa un large sourire, passant à nouveau un bras autour des épaules de Lili. Cette fois-ci, elle le repoussa et leva les yeux au ciel.

— Ce que j'ai vu à la télé ?

Kate rit et fit réchauffer les haricots.

— Si tu le dis. Maintenant, va mettre la table, tu veux bien ? Mangeons avant que nos ventres grondent comme des fous.

Bien sûr, les deux enfants commencèrent à émettre des grognements en mettant la table et Kate se contenta de sourire, les longues heures de la journée et les devoirs qu'elle devait faire une fois que ses enfants seraient endormis disparaissaient dans le bonheur qu'était sa vie avec ses enfants. La vie n'était pas facile, mais bon sang, cela n'aurait pas été simple, peu importait les décisions qu'elle avait prises dans sa jeunesse. Et songer à l'homme aux yeux sombres qui était venu à son travail aujourd'hui et à ce qui aurait pu se passer n'aiderait rien du tout.

Même si, au fond d'elle, c'était exactement ce qu'elle voulait faire.

— Je n'arrive pas à croire que tu m'aies convaincu, marmonna Kate en regardant fixement son placard, le téléphone à la main. J'ai l'équivalent de deux jours de travail à récupérer avant la fin de la semaine, et pas assez de temps pour le faire. Mes parents sont venus chercher les enfants pour le dîner et un film puisque c'est l'été et qu'ils peuvent dormir un peu avant d'aller au camp de vacances, mais ils n'étaient pas ravis que je sorte ce soir. *Et* j'ai mal roupillé, la nuit dernière, donc je pense que les cernes sous mes yeux ont eux-mêmes des cernes.

Rae, l'une de ses meilleures amies et probablement la personne la plus sincère que Kate connaissait, ricana.

— Tu dois sortir et voir des adultes qui n'ont pas besoin de se faire nettoyer les dents.

Kate leva devant le miroir une robe noire dans laquelle elle ne pourrait sûrement même pas rentrer une hanche alors encore moins les deux. Comment avait-elle atterri dans son placard ? Peut-être qu'elle appartenait à Rae ou à Tessa parce qu'il était impossible qu'elle soit vue dans quelque chose d'aussi court ces temps-ci.

— Tout le monde a besoin de se faire nettoyer les dents, répondit Kate d'un air absent. C'est une façon de vivre.

— Tu es ringarde et je t'aime. Mais pour l'école, tu travailles tous les soirs et tu es probablement bien plus en avance que le reste de tes camarades. Tu peux tout finir en une heure si tu te concentres. Si tu veux, je viens et je surveille les enfants, je peux les emmener au parc ou un truc dans le genre, et tu peux t'occuper rapidement de ton travail, comme je sais que tu en es capable. Ensuite, tu auras la soirée et le reste du temps pour respirer.

Kate leva une tunique bordeaux qui avait un jour été belle, mais qui lui donnait désormais une silhouette de ballon dirigeable. Elle se demanda si elle pouvait ajouter une ceinture pour que ce soit plus mignon. Non, nous n'étions pas dans les années quatre-vingt-dix, et elle ne s'était pas habillée ainsi depuis qu'elle avait cinq ans, avec une couette sur le côté et un legging moulant pour être assorti à celui de sa mère.

— Ce serait génial, dit-elle après un moment. Je ne sais pas comment te remercier, Rae.

— Tu es ma meilleure amie. Enfin, avec Tessa. Donc oui, je vais m'assurer que tu vas bien et que tu prends soin de toi, maintenant que tu habites enfin assez près de moi pour que je le fasse.

Elle marqua une pause.

— S'ils continuent de te traiter comme ça, tu dois dire quelque chose. Ne laisse pas ta vie t'échapper.

Kate sortit un simple legging en cuir et un haut vert pâle assorti à ses yeux. Si elle ajoutait une petite veste noire, elle aurait l'air prête à y aller *et* elle serait à l'aise. Elle choisit sa tenue avec une concentration si déterminée qu'elle savait que c'était parce qu'elle ne voulait pas penser aux paroles de Rae.

— J'ai essayé de leur parler, Rae. Tu le sais. Ils ne veulent discuter de rien. Ils veulent que je recommence à être la star, la plus intelligente de la famille qui a du potentiel. Et bien qu'ils aiment leurs petits-enfants, ils n'apprécient pas que je me sois mariée si jeune, que j'aie eu des enfants *bien trop* tôt, que j'aie abandonné la fac, perdant toute ma bourse pour Austin en même temps. Ils n'aiment pas que je ne sois qu'*assistante* et que je ne fasse rien toute seule, pour les rendre fiers. Alors, peu importe que j'aie déménagé pour me rapprocher d'eux, ils me considèrent toujours comme une déception, leur fille qui avait tellement de potentiel, mais qui l'a perdu.

Comme d'habitude, Kate faisait de son mieux pour que les mots de ses parents ne la blessent pas, mais sa mère n'avait jamais été le genre de femme qui s'empêchait de dire ce qu'elle pensait. Elle avait exprimé ouvertement ses opinions à Kate, une fois, et maintenant, chaque fois que celle-ci regardait dans les yeux de sa mère, elle ne voyait que les échecs qu'elle ne pourrait jamais rattraper. Peu importait qu'elle aille à l'école, qu'elle travaille à plein temps et qu'elle élève deux magnifiques enfants, sa mère ne la verrait jamais autrement que comme un potentiel gâché. Et son père ne dirait rien du tout.

Kate ferait avec, mais qu'elle soit maudite si elle laissait cette attitude faire du mal à ses enfants. Jusqu'ici, ses parents n'avaient rien dit ou fait que les petits pourraient visualiser, et Kate s'assurerait que cela n'arrive jamais.

— Et maintenant que je nous ai légèrement déprimées, allons-y. Je te rejoins à la Grange dans trente minutes. Sois mignonne comme tu sais l'être. Oh ! Et Tessa va essayer de venir ce soir. Elle est de garde, mais pas en service. Donc elle ne va pas boire, mais elle prévoit de passer nous voir au moins quelques minutes.

Kate sourit. Tessa travaillait plus qu'elles, si on n'incluait pas les enfants de Kate et ses devoirs. Se réunir toutes les trois en même temps n'était pas facile, dernièrement.

— À tout à l'heure.

— Super ! Et peut-être que tu rencontreras l'homme sexy de tes rêves, ce soir. Je dis ça comme ça.

Sa voix, comme d'habitude, était douce, mais Kate entendait la taquinerie dans les paroles de Rae.

Ne laisse pas ton bonheur t'échapper, Kate.

Celle-ci pouvait probablement lui retourner le commentaire, mais elle ne le fit pas. Au lieu de ça, elle lui dit au revoir et raccrocha. Le truc, c'était que Kate avait *déjà* rêvé d'un homme sexy et cet homme délicieux n'était pas un songe. C'était une personne réelle de son passé qui venait juste de revenir dans son présent.

Et avoir des rêves coquins sur Grayson n'était *pas* ce dont elle avait besoin pour vivre sa vie comme elle l'entendait, comme elle avait *besoin* de la vivre. Non, merci. Il était juste de passage avant de quitter une nouvelle fois la ville. Kate ne voulait rien avoir avec ça, malgré les hanches et les abdos craquants.

Elle s'habilla à toute vitesse, fit quelque chose de moyennement raisonnable avec ses cheveux et appliqua rapidement du maquillage. Heureusement, avec le travail de Jason, elle avait été obligée de souvent porter du maquillage pour son prestige et elle pouvait l'appliquer en moins de cinq minutes pour donner l'impression qu'il était parfait.

Une fois de plus, elle en avait assez de penser à Jason. Bien sûr, dès qu'elle y songea, son téléphone vibra pour annoncer l'arrivée d'un SMS. Elle lut le début et son sang se glaça.

Jason : *On se voit bientôt.*

Et maintenant, Kate avait officiellement besoin de boire un verre. Évidemment que son ex serait de retour en ville pour la réunion des anciens élèves.

Quand elle arriva à la Grange, se garer fut un cauchemar, mais elle trouve une place sous un lampadaire à l'arrière. La sécurité était ce qui comptait le plus. Elle avait seulement prévu de rester pour un verre, de toute façon, puisqu'elle conduisait et qu'elle devait travailler le lendemain matin, donc il ne devrait pas être trop tard, lorsqu'elle partirait. Avec autant de personnes en ville pour les retrouvailles, elle aurait dû se rendre compte qu'il y aurait beaucoup de monde, comme les gens voulaient faire la fête s'ils étaient ici et qu'ils n'avaient rien d'autre à faire.

Elle entra. Tessa et Rae étaient déjà dans un box,

lui faisant un signe avec des margaritas à la main, dont l'une était pour elle. Elle aimait sérieusement ses amis. Kate se glissa sur la banquette et soupira.

— Pourquoi j'ai mis des talons ? laissa-t-elle échapper en essayant d'étirer ses orteils.

— Parce que porter des chaussures plates avec ce pantalon serait un sacrilège, répondit Tessa avec un clin d'œil avant de siroter son soda.

— Et, bonjour, au fait.

Kate grimaça.

— Pardon. Bonjour, vous deux. Je suis là. Je peux partir, maintenant ?

Rae secoua la tête et glissa vers elle la margarita extra large.

— Non. Tu dois d'abord boire.

Kate jeta un coup d'œil à la monstruosité rose avec des yeux plissés.

— Si je finis ça, je ne pourrais pas marcher, encore moins conduire jusqu'à chez moi.

Rae but son verre, levant les yeux au ciel.

— Il n'y a qu'un shot de tequila puisqu'on est à la Grange et qu'ils ont tendance à tout noyer. C'est surtout du sucre. Et si tu le termines, ça veut dire que tu dois rester plus de dix minutes juste pour l'éliminer de tout ton système. J'ai aussi commandé des nachos et des ailes de poulet parce que je me suis dit que si on se mettait mal avec le sucre, on pouvait aussi ajouter du fromage et du gras.

Le ventre de Kate gronda et Rae sourit. Tessa se contenta de secouer la tête avant de baisser les yeux vers son téléphone.

— Même si j'adorerais me boucher les artères, je dois y aller.

Elle agita son portable.

— Apparemment, ils ont besoin de moi.

— Oh, la vie d'infirmière, dit Kate. Fais attention à toi.

Tessa attrapa son sac et acquiesça.

— Je fais toujours attention.

Kate se glissa hors du box pour que son amie puisse partir. Tessa les étreignit toutes les deux avant de lui faire un signe de la main et de sortir.

— Eh bien, au moins, elle a essayé dit Rae avec un regard un peu triste.

Kate mélangea sa boisson, légèrement mélancolique.

— J'imagine.

Les poils sur sa nuque se hérissèrent, et elle leva les yeux vers la porte.

— C'est qui, ça ? demanda Rae. Attends. C'est Grayson Cleary ?

Kate but une gorgée de sa boisson, tentant de calmer la chaleur qui envahissait ses joues.

Ouaip. C'était Grayson Cleary qui venait d'entrer dans la Grange. Le même qui avait rempli la nuit précédente avec des moments si torrides qu'elle s'était réveillée en sueur, la main dans son short.

Ce Grayson Cleary.

Bien sûr.

CHAPITRE TROIS

GRAYSON ÉTAIT un nouveau dans un endroit où il ne voulait pas être, mais Leah lui avait demandé de venir, et c'était soit ça, soit il resterait à l'hôtel pour se masturber. Il avait donc choisi de se rendre à la Grange. Leah avait promis de lui payer un verre, et puisqu'il n'avait pas pu la voir la veille au soir à cause de sa foutue dent, il était plus que prêt à boire ce soir. Heureusement, il n'avait pas eu besoin qu'on lui dévitalise la dent, donc il pouvait boire et manger aujourd'hui, tant qu'il ne faisait pas de folies.

Bien sûr, cela signifiait qu'il devait trouver son amie dans la masse de gens en train de danser, de grignoter et de jouer au billard. Bien que l'extérieur n'ait pas vu de coups de peinture depuis des années, Frank avait au moins remis l'intérieur au goût du jour avec de nouvelles boiseries et de nouvelles pancartes. L'entrée de la Grange avait l'accueil habituel, ainsi qu'une zone pour s'asseoir afin d'installer les familles la journée et les adultes qui voulaient manger au bar une fois que le soleil s'était couché. Au-delà de la partie où l'on pouvait s'asseoir, il y avait deux billards et d'autres jeux que les clients pouvaient utiliser. Puis, sur la droite, se trouvait la piste de danse avec un taureau mécanique séparant la zone de jeux et celle de danse.

Il n'avait jamais été assez vieux pour venir à la Grange quand le taureau fonctionnait, et maintenant qu'il l'était, il ne voulait pas se faire mal en essayant. Il pouvait tout de même voir une pancarte à côté du taureau qui parlait du propriétaire (un ancien cowboy) et de la personne qui détenait actuellement le record.

Cet endroit était un mélange de beaucoup de choses, mais cela fonctionnait.

N'apercevant pas Leah immédiatement, il se fraya un chemin vers le bar et trouva un tabouret libre. Comme la plupart des gens étaient venus en groupes, ils étaient assis aux tables, dans les box, voire au fond dans l'une des deux zones en train de profiter de leur soirée. D'après ce que Grayson voyait, il n'y avait pas beaucoup de clients seuls. Il imaginait que cela était logique, puisque beaucoup d'anciens de sa promotion étaient là, et qu'ils traînaient déjà en bande à l'époque.

Il commanda de l'eau puisqu'il ne voulait pas aggraver la douleur de sa dent, juste au cas où, et s'assit correctement pour observer les autres. En tant que mécanicien, il rencontrait différents types d'individus, tous les jours, même si la plupart ne prenaient pas la peine de s'intéresser à lui. Il était simplement celui qui réparait leur voiture, pas leur meilleur ami. Donc, être sur un tabouret au milieu d'un endroit bondé en se sentant un peu seul n'était pas un sentiment inhabituel pour lui.

Il reconnut quelques personnes, même si aucune ne semblait remarquer sa présence. S'ils le repéraient, soit ils l'ignoraient, soit ils ne savaient pas qui il était. Ce n'était pas bien différent du lycée, donc cela ne le dérangeait pas. Il n'était pas le même gamin qui arrivait à peine à gérer l'école et à assumer deux boulots à temps partiel. Il était propriétaire d'une maison, et était réputé là où il travaillait. Il avait des économies et, un jour, il serait capable d'ouvrir son garage comme il voulait le faire depuis des années. Aller aux cours du soir pour s'assurer de suivre les leçons de business dont il avait besoin l'avait un peu retardé côté économies, mais cela vaudrait la peine sur le long terme.

Le barman lui tendit un verre d'eau et il acquiesça pour le remercier avant de boire une gorgée. Lorsqu'il posa son verre, Anton Ballard s'avança en fronçant les sourcils.

Grayson avait été assis derrière lui durant trois ou quatre cours par semestre, depuis le collège et pourtant, il était presque sûr qu'Anton ne le reconnaissait *toujours* pas. Ce n'était pas très important, puisque ces cours-là n'avaient pas été très primordiaux. Anton suivait les classes au niveau avancé et Grayson essayait déjà de faire ses devoirs au niveau ordinaire, mais tout de même. Il avait vu cet homme *hier* et Anton semblait encore *confus*.

Bien sûr, croiser ce gars énerva Grayson non seulement à cause de son manque de mémoire, mais aussi son manque de sens. Il avait traité Kate comme une moins que rien, et le mécanicien avait eu envie de le frapper, même si la violence n'était pas toujours la solution. Il avait été choqué quand il s'était rendu compte que Kate n'était pas dentiste ni propriétaire du cabinet avec Anton. Il avait pensé qu'elle deviendrait avocate, médecin, ou quelque chose d'autre de tout aussi génial. Cependant, il aurait dû se souvenir que les temps changeaient les choses et il ne connaissait pas toute son histoire. En plus, il n'y avait rien de mal avec son travail, même si ce n'était pas ce à quoi il s'était attendu. Il avait supposé quelque chose et donc cela l'avait fait passer pour un salaud. Il se sentait con d'avoir mentionné qu'elle était sûrement propriétaire du cabinet, mais il n'avait pas eu le temps de s'excuser, ou de trouver les mots pour arranger la situation. S'il pouvait le faire d'une façon ou d'une autre.

Maintenant, il tournait mentalement en rond et Anton le regardait *toujours* fixement.

— Salut, Anton, dit-il enfin, agacé.

Anton claqua des doigts comme s'il venait juste d'avoir une idée.

— Monsieur Cleary, n'est-ce pas ? On s'est vu hier ? Je savais que je vous reconnaissais. Désolé, j'ai passé une longue journée au bureau et tout ça.

Ce mec. Sérieusement.

— Oui, c'est moi. La dent va très bien, au fait.

Anton sourit, avec des prothèses d'un blanc perle et non ses dents normales.

— Content de l'entendre. Et je suis ravi que vous buviez de l'eau, ce soir. Dites-le-moi si vous sentez un quelconque inconfort. Vous pouvez appeler ma secrétaire si vous avez besoin d'un autre rendez-vous.

Grayson haussa les sourcils.

— Votre assistante administrative, vous voulez dire.

Anton agita la main.

— Peu importe. Vous êtes un homme, d'après ce que je peux voir. Inutile d'être politiquement correct, ici.

Grayson lui lança un regard insipide.

— Oui, que Dieu nous empêche de faire attention à ce que les mots veulent dire et à ce que les gens ressentent, tant que ça ne dérange pas les choses peu flatteuses que nous balançons pour nous sentir mieux.

Anton écarquilla légèrement les yeux avant de partir en silence. Visiblement, Grayson commençait bien cette réunion des anciens élèves. D'abord, il agaçait Karly, maintenant Anton, et il avait probablement blessé Kate, également.

Que Leah soit maudite pour l'avoir obligé à venir à ce truc. Et où *diable* était-elle, d'ailleurs ?

Chaque fois qu'ils essayaient d'aller boire un verre, ces jours-ci, ils finissaient par ne pas le faire. S'il n'était pas aussi sûr qu'ils étaient toujours meilleurs amis, il aurait pensé qu'elle l'évitait. Mais à la façon dont elle avait dissimulé quelque chose dans sa voix, il avait le sentiment qu'elle fuyait peut-être quelqu'un d'autre. En revanche, il ne savait absolument pas qui ou quoi. Elle finirait par le lui dire, et si elle avait besoin de son aide, il serait là. Comme toujours.

Il se tourna pour boire une autre gorgée d'eau et se figea lorsqu'il remarqua l'Enfant Prodige de l'Amérique et Madame la Vice-Championne, *j'ai nommé* Jason et Karly. Bon, il semblerait bien qu'il y ait une pré-réunion des anciens ce soir. Il avait toujours détesté Jason au lycée. Ce mec avait été le président du conseil des élèves, ainsi que le capitaine des équipes de baseball et de basketball. Il n'avait pas joué au football américain comme la plupart des gamins populaires (puisqu'ils vivaient au Texas et que c'était la chose à faire), mais visiblement personne ne le relevait. Grayson se disait que Jason ne jouait pas dans cette discipline étant donné qu'il n'aurait pas été le meilleur, que les autres auraient été bien plus doués que lui, alors qu'il avait besoin de *briller*. Si Jason n'était pas le meilleur dans un domaine, il ne s'y engageait pas. Si les souvenirs de Grayson étaient corrects, Jason avait fini troisième de la classe ou quelque chose comme ça. Il n'avait vraiment fait attention que parce que Kate avait été numéro un, et qu'il avait toujours eu un faible pour elle, même quand il savait qu'il ne le devrait pas.

Jason avait également été présent dans les cours

de Grayson et avait fait de son mieux pour que ce dernier se sente comme une merde à cause de ses vêtements d'occasion et de ses mauvaises notes. Cela ne l'avait pas dérangé tant que ça jusqu'à ce qu'il évoque les sœurs de Grayson et sa mère dans l'histoire. Le futur mécanicien lui avait alors mis un coup de poing dans le nez, et avait été en retenue pour la seule et unique fois de ses années lycée. Frapper l'enfant prodige de Catfish Creek l'avait immédiatement propulsé sur le territoire des bad boy délinquants, même s'il savait qu'il n'était pas le seul à avoir envie d'effacer l'air narquois sur le visage de Jason par la force.

Karly était... eh bien, *Karly*. Superficielle et en seconde position dans tout ce qu'elle entreprenait. Bien qu'être deuxième ne devrait pas être une mauvaise chose, elle ne l'avait jamais bien pris. Deuxième au bal de rentrée et au bal de promotion. En plus, si ses souvenirs étaient exacts, elle avait également été l'adjointe de la chef des pom-pom girls. Ou peut-être était-elle dans l'équipe de danse ? Et pourquoi se rappelait-il autant de détails sur le lycée quand il n'y avait pas pensé tant que ça ces dix dernières années ?

Il souffla et regarda Jason et Karly avancer dans la Grange comme s'ils étaient membres de la famille royale. La royauté d'une petite ville du Texas où personne ne s'y intéressait, peut-être. Grayson s'en moquait. Jason avait épousé Kate, lui avait donné son nom et maintenant, ils étaient divorcés. Étant donné l'énorme anneau qu'il avait remarqué plus tôt dans la journée sur le doigt de Karly, il se disait qu'une fois encore, elle était deuxième en matière d'affection. S'il avait été du genre malveillant, il en aurait ri, mais les rêves et les cœurs brisés n'étaient pas quelque chose qu'on pouvait railler. Pas quand Kate était impliquée.

Bon sang, il devait la sortir de son esprit. Ce n'était pas parce qu'il avait un faible pour elle au lycée qu'il devait continuer de penser à elle maintenant. Évidemment, le commentaire de Brody sur son *type* de fille lui revint en tête et il retint un juron.

— Salut, pardon, je suis désolée, dit Leah en se précipitant à ses côtés.

Elle lui lança un sourire affolé, et il y avait une légère panique dans ses yeux.

Il pouvait sentir quelques regards sur eux, mais il les ignora, comme d'habitude. Peu importait où Leah allait, tout le monde la scrutait. Après tout, elle avait été la mauvaise fille de Catfish Creek, celle dont les autres pensaient qu'elle se tapait toute l'équipe de football, ainsi que le bad boy de Catfish, donc

Grayson en personne. Nom de Dieu, il détestait le lycée et sa ville.

— Ce n'est rien, tu veux que je te commande quelque chose ?

Il fronça les sourcils.

— Tu vas bien ?

— Je vais bien.

Elle agita la main.

— En fait, je ne peux pas rester. Il faut que je… J'ai juste besoin de reporter. D'accord.

Grayson l'observa.

— Tu vas me dire ce qu'il se passe ?

Leah se pencha au-dessus de lui, et avala le reste de son eau avant de poser le verre vide sur le bar.

— Je ne peux pas, pour l'instant. Mais je le ferai.

— Tu sais que je suis toujours là pour toi, n'est-ce pas ?

Le regard de Leah se réchauffa.

— Je le sais, Gray, je le sais. Pourquoi n'arrête-rais-tu pas de me parler pour te retourner et contem-pler cette jolie femme avec son fantastique legging en cuir qui te reluque ?

— C'est quoi, des leggings en cuir ?

Et pourquoi était-ce la question qu'il posait ? Il avait réellement besoin d'une boisson qui n'était pas de l'eau.

— C'est le nirvana. Souple et sexy.

Elle m'adressa un clin d'œil.

— C'est ma nouvelle devise, ajouta-t-elle.

Grayson grogna.

— Nom de Dieu. Ne dis plus jamais ça.

— Sérieusement. Kate est canon ce soir. Et j'ai entendu dire qu'elle était célibataire.

Le téléphone de Leah vibra.

— Bref, je dois y aller. Amuse-toi bien !

Elle détala, laissant Grayson plus confus que jamais. Néanmoins, les poils sur sa nuque se hérissèrent et il se retourna, scrutant directement la femme qui envahissait ses pensées.

Kate écarquilla les yeux quand leurs regards se croisèrent, et Grayson se dit que Leah ne se moquait peut-être pas de lui lorsqu'elle affirmait qu'elle le reluquait. Sachant qu'il allait probablement faire quelque chose de stupide, il se leva, donna un pourboire au barman pour son verre d'eau, comme demander des boissons gratuites était un peu merdique. Il avança ensuite vers le box de Kate. Elle était assise avec une autre femme, qui semblait vaguement familière, même s'il n'arrivait pas à la replacer. Mais il n'avait d'yeux que pour Kate.

Elle était carrément *sexy*. Elle portait ce haut vert évasé qui moulait sa poitrine avant de s'élargir au niveau des hanches. De loin, il avait pu voir ses jambes dans ce legging en cuir que Leah avait mentionné. Il ne savait pas s'il était souple ou confortable, mais il était clairement sexy. Elle portait également des talons noirs qui la rendaient un peu plus grande. C'était sans doute une bonne chose, puisqu'elle était bien plus petite que lui. Se pencher pour l'embrasser serait probablement difficile et c'était une chose à laquelle il avait beaucoup pensé, à seize ans.

Merde. Il n'allait pas l'embrasser. Pas ce soir. Ni jamais. Il devait *vraiment* se sortir ces idées de la tête.

Kate sourit en le toisant d'un air hésitant, et cela ne fit que souligner la brillance de ses yeux. Elle avait donné un côté smoky à son maquillage qui faisait ressortir ses yeux. Elle avait été belle, adolescente. Adulte, elle était plus que magnifique.

— Salut, dit-il finalement d'une voix bien trop basse.

— Salut, chuchota-t-il en retour.

Elle déglutit bruyamment.

— Salut, déclara la femme à côté de Kate en riant. Je suis Rae, c'est sympa de te voir, Grayson.

Il cligna des yeux et regarda cette personne, la reconnaissant enfin.

— C'est bon de te revoir, Rae.

— Je ne crois pas qu'on ait eu des cours ensemble,

mais ça fait un moment dans tous les cas. Il me semble qu'on ne déjeunait pas loin l'un de l'autre.

Sa voix était douce et légère, c'était apparemment sa façon de se montrer accueillante envers tout le monde, comme si elle était aussi sympa qu'elle en avait l'air.

Grayson enfonça ses mains dans ses poches.

— C'est étrange de revoir tout le monde.

— Je sais, dit Rae tandis que Kate restait silencieuse. J'habite ici, mais c'est toujours un peu bizarre de voir que tant de personnes ont déménagé.

Quelque chose traversa son regard et Grayson se dit qu'il y avait une histoire là-dessous.

Il se retourna vers Kate.

— Euh, merci pour hier.

Elle cligna des yeux comme pour éclaircir ses idées.

— Pas de problème.

Silence.

— Je vais voir où en sont nos plats, déclara Rae en se glissant hors du box. Je reviens tout de suite. Grayson, tu peux t'asseoir ici, si tu veux.

Elle lui fit un signe de la main et s'en alla, laissant l'homme se tenir maladroitement devant Kate.

Il ignorait totalement ce qu'il devait dire, donc il prononça la première chose qui lui vint en tête.

— Tu veux danser ?

Kate cligna des paupières et baissa les yeux vers la table avant de le regarder.

— D'accord.

Ils semblaient tous les deux surpris qu'elle soit d'accord, mais Grayson ne s'en plaindrait pas. Il tendit la main et elle glissa la sienne dans sa paume, saisissant également sa pochette. Rae avait apparemment pris son sac avec elle quand elle les avait laissés tous les deux. Cela signifiait donc que Grayson devait seulement faire attention à Kate et non à leur table. Il pouvait le faire. Et avec un peu de chance, il ne se ridiculiserait pas en même temps.

Grâce aux talons, le haut de la tête de la jeune femme effleurait son menton à lui, et il ne put s'empêcher de respirer l'odeur de noix de coco de son shampoing. Ce n'était qu'une dance, et tant qu'il continuait de se répéter cela dans son esprit, tout irait bien.

Ils parcoururent tous les deux les quelques pas qui les menaient au bord de la piste de danse. Il avait presque espéré qu'une danse en ligne allait bientôt s'élever depuis les haut-parleurs pour qu'il puisse la faire rire, étant donné qu'il était incapable de faire de quelconques mouvements de jambe. Néanmoins, heureusement (ou malheureusement) une chanson douce démarra et plusieurs couples commencèrent à converger vers le centre de la piste.

Kate rit et il se tourna pour qu'elle soit dans ses bras, mais avec une distance respectable entre eux.

— Qu'est-ce qui te fait rire ? s'enquit-il.

La chaleur de la jeune femme était si proche qu'il dut se répéter que ce n'était que temporaire.

Kate leva les yeux au ciel.

— C'est comme dans l'un de ces films, quand la chanson douce débute au moment parfait.

Quelqu'un lui rentra dedans et elle trébucha vers l'avant. Grayson la stabilisa avec une main sur sa hanche. Encore une fois, Kate leva les yeux au ciel en se tournant vers lui.

— Bien sûr, généralement, les gens ne foncent pas dans la fille quand le couple commence à danser.

Grayson lui lança un petit sourire et les éloigna du groupe le plus bruyant qui avait décidé de faire une lente danse en ligne. Cela avait été un rituel au lycée et, apparemment, cette habitude n'était pas encore morte de sa belle mort.

— Parfois, on les pousse l'un contre l'autre parce que ça donne une chance au garçon de se rapprocher.

Il ne s'avança pas, mais il vit les yeux de la jeune femme s'assombrir légèrement après sa déclaration.

— Oui, mais si tu me tripotes alors qu'on ne s'est pas adressé plus de quelques phrases en dix ans, je vais devoir te frapper.

Il gloussa, conscient que d'autres personnes les observaient. *Laisse-les regarder*, pensa-t-il. Il avait la femme la plus sexy de tout le bar dans les bras et il allait en profiter, au moins pour la soirée.

— Au lycée, on ne s'est pas échangé plus de quelques mots non plus.

Elle secoua la tête.

— On a beaucoup plus parlé que ça.

Elle fit une pause, un froncement de sourcils marquant son visage.

— N'est-ce pas ?

— Ravi de savoir que j'étais si mémorable.

Elle enleva la main du haut de son bras et poussa légèrement son torse.

— Oh, arrête. En fait, je me souviens de toi plus que je ne le devrais.

Le rouge lui monta aux joues et il se demanda pourquoi.

Ils se balancèrent au rythme de la musique tandis que d'autres danseurs se déhanchaient bien plus gracieusement et de cette façon bien plus texane sur ces musiques douces, mais il rejeta cette réflexion loin de son esprit. Il avait Kate dans les bras après tout ce temps et cela semblait un peu étrange d'avoir la vraie personne à côté de lui, et non le fruit de son imagination. Il n'était pas naïf au point de penser qu'il avait été amoureux d'elle à seize ans, bon sang, il la connaissait à peine pour avoir un sérieux faible pour elle, et il *voulait* la connaître davantage. Toutefois, en tant qu'adulte, elle avait toutes ces nuances et ces expressions qui donnaient envie à Grayson de plonger la tête la première et de découvrir la femme qu'elle était devenue.

— Alors..., commença-t-il.

— Alors.

Elle sourit.

— Pourquoi m'as-tu invité à danser, Grayson ?

Il déglutit difficilement.

— Parce que je ne l'ai pas fait au lycée.

Ce n'était pas comme s'il allait rester à Catfish Creek. Il pouvait être complètement honnête avec elle et partir à la fin sans avoir l'impression de dévoiler son âme pour qu'elle lui soit finalement jetée au visage.

Un air perplexe se lut dans ses yeux.

— Tu voulais m'inviter à danser avec toi au lycée ?

Il gloussa d'une voix rauque.

— Oui. Je voulais te demander de sortir avec moi,

également, mais tu étais avec Jason à ce moment-là, donc je n'ai même pas essayé. J'ai peut-être pensé que tu étais très jolie à l'époque, et aussi douce qu'un péché, mais je n'ai pas eu envie de te surprendre et de te mettre mal à l'aise.

Kate cligna des yeux.

— Je, euh... J'ignore ce que je dois répondre.

Elle rit à moitié.

— Je veux dire, je t'ai remarqué au lycée et je sais qu'on a parlé à plusieurs reprises. Je me rappelle qu'en seconde, en anglais, on était censé être ensemble pour un projet, mais tu t'es défilé.

Elle fronça les sourcils.

— Pourquoi ? Je ne me souviens pas de l'excuse. Je me rappelle juste avoir fini par travailler avec Jason et son ami, à la place.

Grayson grimaça.

— Jason a menacé de me botter le cul si je posais la main sur toi. Puisque je n'ai commencé à faire de la musculation que plus tard dans l'année *et que* je savais que je devais bosser la plupart des soirées pendant la semaine, tu aurais été obligée de faire le projet toute seule. Donc j'ai parlé au prof et je me suis assuré que tu avais au moins des partenaires qui seraient là pour toi.

Kate fronça les sourcils.

— Tu aurais dû me le dire. J'étais si furieuse contre toi, au début, parce que je pensais que tu ne m'aimais pas.

Grayson soupira.

— Je pense que je t'aimais trop. Mais c'était au lycée, quand tout le monde avait un faible pour quelqu'un d'autre, tu vois ?

Kate secoua la tête alors qu'ils passaient d'une chanson lente à une autre.

— Tu es tellement honnête sur ce que tu ressentais à l'époque. Je n'arrive pas à y croire.

Grayson haussa les épaules.

— Je ne reste pas en ville et mentir sur quelque chose qu'il s'est passé il y a dix ans ne vaut pas vraiment la peine. Ce n'est pas comme si ça allait changer quoi que ce soit, *et* tu m'as demandé pourquoi j'ai voulu danser avec toi.

Elle lui sourit et le cœur de l'homme se serra comme il ne l'aurait pas cru possible dans la vraie vie. Bon sang, s'il ne faisait pas attention, il allait à nouveau tomber sous le charme de Kate… enfin s'il avait un jour arrêté de ressentir ça.

— Tu sais, Jason et son ami m'ont fait faire tout le travail, de toute façon. Je ne me souviens même pas du nom de ce mec puisqu'il a été transféré dans une autre école plus tard cette année-là. Mais Jason était tout fier que sa petite amie *intelligente* soit là, et curieusement, j'ai fini par me taper tout le boulot pendant qu'ils parlaient du prochain match.

Elle soupira.

— Je suis presque sûre que c'est comme ça que Jason a pu avoir d'aussi bonnes notes. Même pour les contrôles, il réussissait à trouver une façon d'échapper aux mauvaises notes grâce à des détails.

— Je pourrais encore le frapper pour toi, si tu veux, proposa-t-il.

Kate écarquilla les yeux.

— Oh, mon Dieu, j'avais oublié que tu lui avais mis un coup de poing. Il était *tellement* en colère contre toi et l'école parce qu'on t'avait autorisé à rester après tout ce qu'il s'était passé.

Grayson haussa les épaules.

— Il le méritait. Et peu importait l'argent de son père, je n'allais pas me faire virer puisque l'école devait garder un quota de gamins pauvres. En plus, ma mère est venue pendant son service, en portant toujours son uniforme de femme de ménage, et elle s'en est prise au principal pour avoir laissé Jason s'en sortir sans être sanctionné. Même il y a dix ans, le harcèlement était quelque chose que l'administration ne laissait pas vraiment passer. Maman a entendu Jason parler comme une merde de mes sœurs et la vice-principale n'en était pas très heureuse.

Kate se pinça les lèvres.

— La vice-principale était géniale. C'était elle qui s'était assuré que je suive le bon chemin pour aller dans les universités que je souhaitais, même si j'ai fini par aller dans la fac familiale de Jason.

Grayson tendit la main et coinça une mèche derrière son oreille. Ils se figèrent tous les deux sur la piste de danse avant de s'obliger à recommencer à se balancer.

— Tu es tout de même allée à l'université. Je n'ai même pas eu ma remise de diplôme de lycée.

— Mais je n'ai pas fini mes études, chuchota-t-elle.

Il faillit se figer à nouveau, mais se força à continuer de danser.

— Pourquoi ? demanda-t-il doucement.

— C'est une histoire pour un autre moment.

Elle marqua une pause.

— Pourquoi n'es-tu pas venu à la remise de diplôme ?

— C'est une histoire pour un autre moment, répéta-t-il.

Ils finirent la danse en silence, le poids des décisions passées était lourd dans l'air. Dès que la chanson s'acheva, Grayson prit la main de Kate et la guida à nouveau vers le box où Rae était assise et regardait son téléphone.

Il n'avait pas voulu se plonger autant dans ses souvenirs de lycée, comme il le faisait d'habitude parce qu'il n'avait pas envie de tout faire remonter à la surface, mais il ne pouvait s'empêcher de le faire lorsqu'il était avec Kate. Ils n'avaient eu que quelques moments quand ils avaient été adolescents, donc c'était logique qu'ils discutent de ça.

— Je pensais que tu serais avec les enfants, Kate, dit une voix douce à côté d'eux.

La jeune femme se raidit et Grayson lui serra la main.

— Ils sont avec mes parents, Jason, répondit délicatement Kate, la tête baissée.

Merde. Il ne savait pas exactement ce que Jason avait fait à Kate pendant leur mariage, mais à la façon dont elle se recroquevillait sur elle-même, il eut l'envie soudaine d'effacer l'air narquois sur le beau visage de Jason.

Le salaud avait dû se faire refaire le nez lors de la dernière décennie, puisque la bosse que Grayson avait provoquée n'était plus là, ce qui lui donnait envie d'en faire une autre. Nom de Dieu, il allait s'enfoncer profondément et il s'en fichait, à ce moment-là.

Jason secoua la tête et glissa son bras autour de Karly. Grayson observa le visage de Kate alors qu'elle étudiait le duo, mais elle maîtrisa suffisamment ses émotions pour qu'on ne voie pas ce qu'elle pense. Même s'il souhaitait le savoir, il était sacrément fier qu'elle ne montre pas à l'autre couple le mal qu'il lui faisait.

— Tu es sûr que c'est sage ? Enfin, je pensais que tu voulais la garde exclusive des enfants. C'est ce que nos avocats ont décidé en tout cas. C'était une erreur ?

Grayson ouvrit la bouche pour dire quelque chose, mais Kate leva une main.

— N'en fais pas toute une scène, Jason. Tu sais que ce ne serait pas beau pour ta carrière. Que penseraient les autres avocats s'ils découvraient que tu harcelais ton ex-femme au milieu d'un bar paumé dans une ville paumée ? West et Lili sont en sécurité et passe de très bons moments avec leurs grands-parents, ce soir, quelque chose qu'ils peuvent faire, maintenant que je vis ici. Tu n'as pas ton mot à dire dans la façon dont j'élève *mes* enfants. Tu as abandonné tes droits.

Jason se retroussa les lèvres.

— Je paie une pension alimentaire, donc j'ai toujours *quelques* droits. Et, comme tu l'as dit, je connais plus d'avocats que toi.

Il tapota la main de Karly.

— Et tu auras peut-être de leur nouvelle plus tôt qu'il ne le pense. Je veux que les enfants puissent rencontrer leur nouvelle belle-mère et un week-end par mois, c'est à peine suffisant, tu ne crois pas ?

Kate s'appuya contre Grayson, tout en baissant les yeux vers l'énorme diamant sur le doigt de Karly.

Grayson serra la main de Kate une fois de plus et l'attira un peu plus vers lui, mais pas assez pour que le crétin le remarque.

— Ravi de te voir, Jason, dit-il en acquiesçant. Karly. Je raccompagnais simplement Kate à sa voiture, alors on ferait mieux d'y aller.

Jason haussa les sourcils.

— Je te connais ? s'enquit-il.

— Oh, c'est Grayson Cleary, chéri. Tu te souviens de lui, non ? Le décrocheur ?

Karly écarquilla les yeux.

— Oh mon Dieu. Et tu es avec Kate, maintenant ? Comme c'est parfait. Le décrocheur du lycée et la décrocheuse universitaire passent du temps ensemble.

— Nom de Dieu, Karly. Grandis un peu.

Et sur ces mots, Kate s'éloigna brusquement, attirant Grayson avec elle. Il inclina un chapeau imaginaire en direction du couple en accélérant le pas pour la suivre.

Rae écarquilla les yeux lorsqu'ils passèrent tous les deux à côté de son box, néanmoins Kate secoua la tête quand l'autre femme commença à se glisser hors de la banquette. Dès qu'ils sortirent, Kate s'arrêta, posa les mains sur ses genoux, se pencha en soufflant.

— Merde, Kate ? Ça va ? Tu veux que j'appelle quelqu'un ?

Elle se leva, roula ses épaules et secoua la tête.

— Je vais bien. Mais je vais rentrer à la maison.

Elle se retourna vers lui et lui tendit la main.

— Merci pour la danse.

Il baissa les yeux vers ses doigts et fronça les sourcils.

— Tu veux vraiment que je te serre la main ?

Elle inclina son menton, mais ne laissa pas tomber son bras.

— Bonne nuit, Grayson.

Il attrapa sa main, remarquant la graisse de moteur sous ses ongles à côté de la peau propre et douce de la femme. Il y avait une raison pour laquelle elle avait opté pour l'enfant prodige plutôt que lui, à l'époque, et apparemment, maintenant non plus, elle n'allait pas choisir Grayson.

— C'était sympa de te voir, Kate, dit-il tranquillement. On se voit à la réunion ?

Elle se pinça les lèvres.

— Je ne sais pas.

Et sur ses mots, elle relâcha sa main et repartit vers sa voiture. Il la surveilla sur tout le chemin, s'assurant qu'elle soit en sécurité, et continua de l'observer lorsqu'elle traversa le parking pour se diriger vers son pick-up. Eh bien, bon sang, il s'avérait qu'il avait vraiment voyagé dans le temps, et il avait atterri directement dans les couloirs déprimants du Catfish Creek High une nouvelle fois. Pendant un instant, il avait pensé que, peut-être, il y avait un éclat d'espoir dans son regard quand ils avaient été appuyés l'un contre l'autre, mais il avait eu tort.

Elle n'était pas pour lui. Elle ne l'avait pas été à l'époque et elle ne l'était toujours pas maintenant. Il avait déjà traversé cela avant d'avoir eu l'âge de conduire. Il n'y avait aucun retour en arrière possible, peu importait le nombre de jours avant la réunion.

CHAPITRE QUATRE

KATE REGARDA FRANCHEMENT les trois lettres ouvertes sur la table de sa cuisine et essaya de comprendre ce qu'elle voyait. Cela n'avait aucun sens. Comment cela pouvait-il se produire ?

Trois universités la voulaient.

Ils la désiraient.

Et ils allaient faire en sorte qu'elle sache à quel point.

Elle l'avait fait pour rire. C'était une plaisanterie méticuleusement planifiée, avec un code couleur, de l'organisation, des pour et des contre, mais tout de même une plaisanterie. Elle s'était présentée dans trois facultés réputées pour avoir une proposition de bourse, consciente que son Bac avec les félicitations datait de dix ans et que ses leçons à la faculté étaient tout aussi anciennes. Mais ses notes avaient été extra-ordinaires et ses cours en ligne avaient été tout aussi bons. Mis bout à bout, elle pensait *peut-être* avoir une chance décente d'être acceptée dans une univer-sité, mais sans personne pour payer sa scolarité.

Néanmoins, curieusement... curieusement, *trois* facultés à Denver dans le Wyoming et le Nebraska la voulaient. Ils allaient payer sa scolarité et lui donner une bourse tant qu'elle travaillait avec eux pendant l'année scolaire. Avec Jason qui s'acquittait de la pension alimentaire et leur accord de garde qui stipulait que Kate avait le droit de déménager hors de l'État avec les enfants si elle le choisissait, cela pouvait réellement se produire. Ce ne serait pas facile, et elle se détesterait si ses bébés souffraient, mais peut-être, juste peut-être, qu'elle pouvait vivre sa vie.

Elle plia à nouveau les papiers et les mit dans un dossier pour pouvoir les cacher aux regards indis-crets. Il y avait une petite chance pour qu'elle puisse encore déménager avec les enfants et recommencer à zéro, mais elle n'était pas sûre de pouvoir leur faire ça. Cela serait plus difficile pour tout le monde, lors du week-end mensuel de Jason. Mais dans tous les cas, son ex-mari rendait ce moment compliqué en n'étant jamais à la maison ce week-end-là et en obligeant Kate à trouver des alternatives de garde pour les enfants. Elle était rentrée à Catfish Creek pour être près de ses parents, mais finalement, cela n'avait pas non plus fonctionné comme elle l'avait espéré.

Même si elle les aimait, ou du moins elle aimait ce qu'ils avaient été, ses parents aspiraient lentement sa vie tout comme le travail qu'elle était encline à faire. Elle avait besoin d'être Kate. Une mère qui avait un but, pas la fille qui ne brillait pas comme elle le devrait.

Elle n'était pas sûre de ce qu'il fallait faire.

Pouvait-elle y arriver ?

Elle soupira et rangea son dossier dans le tiroir de la cuisine, où personne ne pourrait le trouver. Elle avait un mois pour se décider, puisque cela ne commencerait pas avant le semestre de printemps, plutôt que celui d'automne. Elle s'en occuperait plus tard. D'abord, elle devait utiliser l'un de ses rares jours de congé pour exécuter les parties amusantes de sa vie comme la lessive et les courses.

Les enfants étaient au camp de vacances, donc elle pouvait au moins accomplir ces choses rapidement après avoir payé les factures et avoir tenté de ne pas pleurer en consultant son compte en banque limité. Les petits avaient chacun une épargne pour leurs futures études à l'université, et la sienne commençait à grossir puisqu'elle avait économisé chaque centime qu'elle pouvait pour que ce déménagement puisse se produire. Et si cela *n'arrivait pas*, alors elle pourrait acheter une maison ici et commencerait son installation. Quand on louait à Catfish Creek, cela signifiait qu'on emménageait promptement, et c'est un peu ce que Kate ressentait à ce moment-là.

— Ça suffit.

Elle souffla et attacha ses cheveux dans une queue de cheval. Aujourd'hui, c'était le jour des courses, donc elle n'avait pas pris la peine de mettre du maquillage à part un peu de mascara, et elle portait un legging, ainsi qu'un haut qui ne lui gonflait pas trop les fesses. Bon sang, elle n'avait plus dix-huit ans, donc cacher son postérieur était devenu un rituel quotidien.

Elle jeta sa lessive dans la machine à laver après avoir enlevé des objets divers des poches de West et avoir enfilé ses chaussures pour aller au supermarché. Sa tête lui faisait mal, mais elle savait que ce n'était pas à cause des quatre gorgées de sa boisson alcoolisée deux jours plus tôt.

Non, cela n'était en rapport qu'avec l'homme qui envahissait ses rêves.

. . .

Kate venait juste d'ajouter quatre paquets de pâtes à son caddie, puisque la grande surface faisait des promotions, quand une voix lui parvint à l'oreille. Elle fit rouler ses épaules en arrière et s'agrippa à nouveau caddie, mais Jason se plaça devant elle, bloquant son chemin.

— Qu'est-ce que tu veux, Jason ?

— Tu ne penses vraiment pas que tu peux agir ainsi et t'en sortir ? demanda-t-il d'une voix presque ennuyée.

— Pourquoi ça t'intéresse ? Je suis célibataire, tu te souviens ? Et pourquoi es-tu dans un supermarché, en semaine, dans une ville où tu ne vis pas ? S'il te plaît, dis-moi que tu ne me suis pas comme un harceleur.

Elle espérait réellement que ce n'était qu'une coïncidence, mais elle le croyait capable de le faire.

Il leva les yeux au ciel.

— Nom de Dieu, Kate. Tu n'es pas importante au point que je te suive comme un loser taré. Je vais chercher Karly pour le déjeuner puisqu'on a prévu un rencard, étant donné qu'elle ne travaille pas sur la réunion des anciens élèves. Redescends sur terre.

— Je pourrais te dire la même chose, cracha-t-elle. Maintenant, écarte-toi de mon chemin avant que je te pousse avec mon caddie.

— Je t'assignerai en justice, répliqua-t-il en souriant. Juste parce que je le peux.

— Tu as fini d'agir comme une brute ? déclara une voix profonde derrière elle.

La chaleur monta sur les joues de la jeune femme, et elle eut envie de trouver un trou où se cacher. Évidemment, Grayson était là pour assister à l'humiliation qu'elle subissait de la part de son erreur d'ex-mari. Bien sûr.

Jason ricana.

— Je vois que tu passes toujours du temps avec cet homme de Neandertal. Je me demande ce que les tribunaux diraient si je leur expliquais quel genre de mecs tu fais traîner autour de mes enfants.

Grayson se plaça à côté d'elle, mais ne dit rien. Elle lui en fut reconnaissante.

— Je me fiche totalement de ce que tu racontes, Jason. Dégage de mon chemin. Tu as fait ton petit spectacle et déclamé ta diatribe, ce qui n'avance à rien. J'en ai assez de devoir m'expliquer auprès de toi.

Jason les observa tous les deux de haut en bas avant de hausser les épaules.

— On se voit à la réunion, Kate. Je suis sûre que tu ne voudras pas manquer ça, étant donné que tu étais la *major* de promo.

Il jeta un coup d'œil à Grayson.

— Je serai surpris s'ils te laissent franchir la porte.

Et sur ces mots, il s'en alla, les lumières au-dessus de sa tête éclairant ses cheveux blonds qui, elle le savait, provenaient d'une coloration puisqu'il était grisonnant.

— J'ai vraiment envie de le frapper. Je peux ? Je promets que ce ne sera pas en public et que je n'en ferai pas toute une scène, mais j'ai vraiment envie de le taper.

Kate ferma les yeux et se pinça l'arête du nez.

— Si quelqu'un doit le taper, ce sera bien moi.

Grayson lui serra l'épaule.

— Je garderai ton sac pour que tu aies un meilleur équilibre.

Elle ouvrit les yeux et lui sourit.

— Tu sais quoi ? C'est vraiment gentil. D'une façon pourtant violente.

Il lui sourit en retour, il était beaucoup trop beau pour son bien.

— J'essaie de l'être.

Il fit un geste vers son caddie.

— Tu as presque terminé ? Et si on allait prendre un café quand tu auras terminé ?

Elle baissa les yeux vers le caddie et soupira.

— Je n'ai même pas encore choisi les produits

frais, et pourtant, je n'ai aucune envie de finir les courses maintenant.

— Alors, ne le fais pas, répondit-il simplement. Paie ce qu'il y a dans ton caddie, puisque rien de tout ça ne va pas périmer sous le soleil texan. Viens boire un café avec moi à côté, pour te détendre et finir tes courses plus tard.

Ce n'était pas comme si elle pouvait se relaxer quand il était dans le coin.

— Je n'ai pas le temps pour ça, dit-elle tristement.

— Fais en sorte d'en avoir.

Il grimaça.

— C'était vraiment une réplique de salaud, se reprit-il. Mais si tu *peux* faire en sorte d'avoir du temps, viens avec moi.

Il se pencha en avant et lui chuchota à l'oreille.

— Des gens nous regardent et tes mains tremblent, chérie. Allons nous payer un truc frais à boire pour qu'ils s'en aillent.

Elle souffla et essaya de calmer son pouls rapide, ce qui n'était pas facile quand il était là.

— Tu sais quoi ? Je pense qu'un verre m'a l'air pas mal.

Il lui sourit et ils allèrent tous les deux à la caisse. Il n'avait rien acheté, et lorsqu'elle lui posa la question, il avait seulement dit qu'il l'avait vu en venant chercher à manger pour le déjeuner et qu'il n'avait pas pris la peine de continuer avant de savoir si elle allait bien.

Et bien que cette idée la réchauffe, elle détestait qu'il soit venu à sa rescousse. Elle pouvait tenir tête à Jason toute la journée, mais son ex ne battait jamais en retraite.

Grayson l'aida à mettre ses sacs de provisions dans le SUV avant de marcher avec elle pour aller prendre un café glacé. Elle en choisit un avec sucre et chantilly, et il décida de commander la même chose, payant pour les deux, même quand elle essaya de l'arrêter.

— C'est ma tournée. Tu peux payer la prochaine fois.

— Il y aura une prochaine fois ? demanda-t-elle.

Il sourit.

— Il reste quelques jours, donc oui, j'espère qu'il y aura une prochaine fois.

Le barista appela leurs noms et ils récupérèrent leur boisson avant de se diriger vers l'une des tables libres. C'était le milieu de la journée de travail, mais, heureusement, le rush du midi était passé, donc ce n'était pas si bondé. Il y avait moins de regards indiscrets et de questions étranges quant à la personne avec qui elle était assise. Non pas qu'elle avait honte de Grayson, loin de là, mais elle détestait l'inquisition.

Et c'était simplement une raison supplémentaire pour laquelle elle se disait que déménager serait la meilleure chose à faire pour elle.

— Tu bois des cafés aussi sucrés, d'habitude ? demanda-t-elle en souriant quand ils sirotèrent leurs tasses.

Grayson haussa les épaules.

— Parfois. Je n'aime pas le café noir, donc généralement, j'ajoute du sucre et de la crème. Je ne prends habituellement rien d'aussi extravagant, à moins que je sois à un café où mes amis ont commencé à m'emmener et qui se trouve à côté de notre boutique de tatouages préférée.

Elle écarquilla les yeux.

— Tu as des tatouages ?

Grayson lui fit un clin d'œil.

— Quelques-uns. Et j'ai remarqué le petit papillon sur ta cheville, donc je pense que mes dessins ne te dérangent pas.

Elle lécha de la chantilly sur ses lèvres, essayant de chasser de son esprit l'image d'elle en train de lécher ses tatouages. Évidemment, Grayson admira directement sa bouche, et elle gigota sur son siège, ayant soudain *très* chaud. Comment cet homme pouvait-il lui provoquer cette sensation si rapidement ? Elle n'avait jamais ressenti cet élan de *désir* si instantanément avec Jason.

Et c'était une comparaison suffisante pour toute une vie.

Elle sirota sa boisson et lui lança un regard calme.

— Pourquoi devrais-tu t'inquiéter de ce que je pense de tes tatouages ?

Il haussa les épaules.

— Parce qu'on continue de se toiser comme si on avait envie d'arracher les vêtements de l'autre. Il vaut mieux être honnête là-dessus.

Elle posa son breuvage afin de ne pas la laisser tomber, et elle scruta ensuite derrière elle. Heureusement, il n'y avait personne autour pour les entendre, mais tout de même.

— Ton honnêteté est un peu trop bruyante, tu ne crois pas ?

Il se pencha en avant et nous adressa un clin d'œil. Bon sang, cet homme était bien trop sexy pour son propre bien.

— On est tout seul, ici, et tu aimes mon honnêteté. Quant à ce que ça veut dire ? Je ne sais pas. Je prends du bon temps. Tant que c'est le cas pour toi aussi, alors je vais continuer.

Il lui lança un long regard avant d'avoir un ton plus sérieux.

— Je ne reste pas très longtemps, Kate. Je repars à Denver et laisse derrière moi tout ce qui s'est déroulé à la réunion des anciens élèves dans le passé et tout ce qui va avec.

Il marqua une pause.

— Je ne voulais pas venir du tout, mais maintenant que je suis ici et que je suis en face de toi, je suis ravi d'être revenu.

Elle joua avec sa serviette, encore abasourdie par le fait qu'il avait dit vivre à Denver. Comme le monde était petit.

— Pourquoi es-tu venu si tu n'en avais pas envie ?

— Je suis toujours ami avec Leah et elle voulait que je vienne. Alors je l'ai fait.

Elle croisa son regard.

— Est-ce que tous les deux, vous...

Elle ne pouvait prononcer ces mots.

Grayson secoua la tête et tendit la main pour tenir la sienne.

— Je ne serai pas assis avec toi, avec une envie si forte de t'embrasser, si j'étais avec elle. Je n'ai jamais été en couple avec Leah. Pas même quand nous étions au lycée. Nous étions l'un de ces rares duos qui pouvaient rester amis sans être attirés sexuellement l'un par l'autre.

Kate souffla, retirant sa main.

— Je n'aurais pas dû te demander. Bon sang, ce n'est pas à moi de m'en inquiéter.

Grayson se pencha en avant.

— Ça pourrait l'être. Si tu veux. Je sais que tu es mère, maintenant, et tu as déjà beaucoup de pain sur la planche. Mais... eh bien... J'aimerais apprendre à mieux te connaître avant de partir.

— Quel bien cela pourrait-il nous faire, Grayson ? Tu t'en vas.

— Peut-être que ça pourrait être sympa de voir ce qui aurait pu se passer, juste pour le week-end, plutôt que de se concentrer sur ce qui s'est réellement produit.

Sa voix était un peu triste et Kate ressentait la même chose.

— Je vis déjà avec ça tous les jours. Je n'ai pas épousé la bonne personne, Grayson. Tu l'avais déjà compris. Je me suis mariée avec lui après le lycée et je suis tombée enceinte peu après. Si j'avais été plus forte, j'aurais trouvé une façon de rester à l'université au moins à temps partiel, mais il m'a convaincue de tout arrêter et de reprendre plus tard. Je ne l'ai jamais fait. Même quand les enfants étaient à la maternelle et que j'aurais pu dégager du temps pour terminer mon diplôme. Jason a curieusement réussi à me persuader qu'il avait besoin que je travaille pour payer notre petite maison afin qu'il finisse l'école de droit. J'ai bossé comme une folle pour lui et j'ai fini telle une coquille vide à son bras pendant les fêtes d'entreprise.

Elle souffla.

— C'est moi qui ai demandé le divorce et il ne le supporte pas. J'ai obtenu la garde exclusive et je suis retournée en ville, mais je ne suis toujours pas stable. Alors, oui, j'ai pris ces mauvaises décisions au lycée, j'étais bien trop jeune pour m'inquiéter de ce que les autres disaient pour les écouter quand ils affirmaient que j'allais trop vite.

Elle croisa son regard.

— Je ne sais pas ce que je souhaite faire ce week-end, Grayson. Je ne voulais pas du tout me rendre à cette réunion des anciens élèves, mais je n'ai pas le choix puisque ça ne fera qu'aggraver les choses sur le long terme si je ne viens pas. Je planifie en avance tout ce que je peux, maintenant. Pourtant, je ne t'avais pas inclus.

Il saisit la main de la jeune femme et déposa un baiser sur sa paume.

C'était le geste le plus romantique qu'elle avait jamais vu de sa vie.

— Alors sors avec moi, ce soir, Kate. Laisse-moi t'emmener dîner et on verra ce que tu as programmé d'autre.

Elle serra les cuisses et sa gorge s'assécha. Les enfants avaient des soirées-pyjama prévues avec leurs amis ce soir-là, donc elle avait une du temps pour elle, ce qui était rarement le cas. Elle avait escompté prendre un bon bain et assaillir son stock de chocolat, et pourtant...

— Oui, chuchota-t-elle. Je crois que c'est un plan que je peux accepter.

Il lui sourit et elle pria pour ne pas faire d'erreur. Il n'y avait aucun avenir avec Grayson, peu importait ce qu'il lui faisait ressentir sur le court terme. Néanmoins, peu importait le nombre de projets qu'elle avait faits auparavant avec Jason, cela s'était terminé de façon horrible. Peut-être que suivre cette impulsion juste cette fois et vivre dans le moment présent vaudrait la peine.

Peut-être.

CHAPITRE CINQ

GRAYSON ESPÉRAIT VRAIMENT qu'il savait ce qu'il faisait, mais il avait le sentiment qu'il jouait à l'instinct, pour le moment. Il n'arrivait toujours pas à croire que non seulement Kate avait été d'accord pour aller dîner, mais que tous les deux, ils avaient sous-entendu qu'il y aurait peut-être plus après le dessert.

Kate s'assit dans le box, en face de lui, ses cheveux ondulés retombant sur ses épaules et une robe blanche douce couvrant son corps. Elle portait des chaussures à talons compensés, donc elle était parfaitement à la bonne hauteur pour lui afin qu'il sente ses cheveux comme un adolescent en rut, et il ne pouvait s'empêcher d'aimer ça.

Il était passé la chercher chez elle, mais n'était

pas entré puisqu'elle avait ouvert la porte, prête à partir. Cela ne l'avait pas dérangé du tout, et elle en était ravie. Il avait le sentiment qu'il l'aurait brutalement embrassée contre la porte et lui aurait fait des choses assez vilaines si elle l'avait voulu et qu'elle l'avait invité avant le dîner.

Maintenant, il ne pouvait se sortir ces images de la tête. Il arrangea son membre sous la serviette conscient que Kate lui souriait.

— Tu as des pensées obscènes, chuchota-t-elle de l'autre côté de la table.

— Pourquoi tu dis ça ? murmura-t-il en retour.

Elle leva les yeux au ciel.

— Parce que tu n'arrêtes pas de regarder mon visage, puis mes seins, et encore ma tête après, tout en faisant semblant de jouer avec la serviette sur tes cuisses.

Il la regarda jouer avec sa propre serviette et haussa les sourcils.

— Et toi, tu te nettoies juste les doigts, alors ?

Elle rougit avant de glisser deux mains sur la nappe.

— Tu es trop observateur pour ton propre bien.

— Je pourrais dire la même chose sur toi.

Il se pencha encore davantage.

— Eh oui, je n'arrête pas de bander quand je te

vois dans cette robe. J'essayais de me comporter en gentleman et de ne pas l'évoquer dans un restaurant, mais c'est toi qui l'as relevé.

Il gloussa.

— Littéralement.

Elle eut un éclat rieur dans le regard.

— Je devrais m'excuser ?

Il attrapa sa main, s'amusant bien plus que depuis un long moment.

— Ne t'excuse jamais de m'avoir fait bander.

Elle éclata de rire, attirant sur elle quelques regards des autres clients du restaurant, mais elle s'en moquait. Elle était époustouflante quand elle riait. Bon sang, elle l'était tout le temps, mais elle irradiait quand elle était si joyeuse. Lorsqu'il lui dit, elle écarquilla les yeux.

— Tu n'arrêtes pas de dire ces choses...

Elle secoua la tête.

— Pourquoi je ne te connaissais pas, avant ?

— Parce que ce n'était pas le bon moment, répondit-il honnêtement. Nous ne sommes pas comme au lycée et la plupart des gens ont tendance à l'oublier pendant les week-ends comme celui-ci, mais pas nous. Je ne pense pas pouvoir l'oublier. J'ignore ce qui va se passer après la réunion des anciens élèves, Kate, mais je vais dire que je veux passer plus de temps avec toi avant et pendant. C'est sans doute diablement stupide, et nous allons tous les deux être blessés dans le processus, mais je veux en voir plus sur toi.

Elle croisa son regard et souffla.

— Demandons l'addition, alors, répondit-elle rapidement d'une voix rauque.

Il se redressa sur la banquette.

— Tu vas devoir utiliser des mots plus clairs pour moi, Kate.

Elle se pencha en avant afin de pouvoir chuchoter.

— Je veux vivre le moment présent avec toi. J'ai la maison pour moi toute seule, ce soir et je veux faire une chose à laquelle je n'ai jamais pensé avant.

Il retint un grognement.

— Sois plus claire.

— Je veux coucher avec toi. Ce soir.

Il lui serra la main.

— Ça, chérie, c'est quelque chose que je peux faire.

Il regarda derrière lui et croisa le regard du serveur, lui faisant signe d'apporter l'addition. Kate et lui allaient probablement faire quelque chose de monumentalement stupide, mais au moins, ils le faisaient ensemble.

. . .

Dès que Kate ferma la porte derrière eux, Grayson appuya son dos contre le bois solide. Elle écarquilla les yeux et il se dit qu'il devait ralentir.

— Je ne t'ai pas encore embrassée, chuchota-t-il.

Il regarda sa bouche, puis ses yeux.

— Je suis un crétin.

— Moi non plus je ne t'ai pas encore embrassé. Ça fait de moi une idiote ?

Elle glissa ses doigts le long de son torse et il frissonna, ayant besoin de son contact.

Il prit son visage en coupe, la peau de la jeune femme était douce sous ses paumes.

— Jamais.

Puis il se pencha en avant et fit la seule chose qu'il voulait depuis qu'il avait seize ans. Il l'embrassa.

Elle avait un goût de perfection sucrée. Il n'arrivait pas à penser à un autre mot. Il ne faisait pas dans la poésie et les mots guindés, quand il s'agissait de femmes, mais au moins, il pouvait être sûr que Kate savait qu'elle était non seulement importante, mais aussi spéciale et sacrément sexy.

Elle passa à nouveau les mains sur son torse avant de l'entourer pour lui griffer le dos. Lorsqu'il s'éloigna de ses lèvres pour qu'ils puissent tous les deux respirer, elle se cambra contre lui et il appuya son front contre le sien.

— Qu'est-ce qu'on fait ? chuchota-t-elle.

— Ça, répondit-il dans une voix si basse que c'était presque un grognement. Juste ce soir. Aucune promesse. Mais je ne vais pas te faire de mal, Kate. Je vais te faire l'amour, te faire sentir génial, et quand il sera temps pour moi de partir ? Je ne vais pas m'enfuir à nouveau. Je vais m'assurer qu'il sera l'heure de m'en aller, que nous sommes prêts tous les deux.

Alors même qu'il prononçait les mots, il avait le sentiment que c'était un mensonge. Il se passait quelque chose entre eux qu'il ne pouvait nommer, mais il savait que ça ne serait peut-être pas suffisant. Bon sang, ça ne *serait* pas suffisant. Elle n'avait peut-être pas l'éducation ou le travail qu'elle pensait vouloir, mais elle était bien plus chic que tout ce que pourrait accomplir un mécanicien comme lui. Il avait bien remarqué les jouets des enfants et les photos dans le salon. Il n'était pas passé à côté des signes qui montraient qu'une famille vivait ici, et que Kate et lui n'étaient plus les mêmes personnes qu'à l'époque où il avait voulu l'embrasser pour la première fois. Il se disait que ce n'était pas grave, tant qu'il se souvenait que la femme dans ses bras était à lui, ne serait-ce que pour un petit moment.

Et même s'il mourait d'envie de l'avoir, il savait qu'il devait satisfaire son besoin pendant qu'il le pouvait... et il devait s'assurer qu'elle était le centre de son tout.

Juste pour l'instant.

— Embrasse-moi, dit-elle soudain en l'attirant hors de sa rêverie. Contente-toi de m'embrasser. On s'occupera du reste plus tard.

Il prit son visage en coupe, sa bouche si près de la sienne qu'il dut simplement faire une fraction de mouvements pour l'embrasser.

— Ça, je peux le faire, Kate.

Donc il l'embrassa à nouveau, plus violemment, plus profondément.

Ils gémirent dans la bouche l'un de l'autre, leurs corps appuyés l'une contre l'autre alors qu'ils continuaient de s'embrasser, plus longuement, plus langoureusement. Il glissa ses mains sous sa robe, sur ses cuisses, et posa la main sur ses fesses. Lorsqu'elle s'exclama, se cambrant contre lui, il la porta aisément et roula des hanches contre elle. Elle enroula ses jambes autour de sa taille et tous les deux, ils haletèrent, ayant besoin de plus.

— Chambre ou canapé ? grogna-t-il.

Elle cligna des yeux, son regard rendu vitreux par le désir.

— Chambre. Maintenant.

Elle lui montra quelque chose derrière, dans le couloir. Il la porta jusqu'à la grande chambre, l'embrassant en même temps dans le cou.

— Je n'arrive pas à croire que tu me portes, dit-elle en riant.

— Je ne vais pas te laisser tomber, si c'est ce qui t'inquiète.

Il lui mordit la lèvre inférieure, avant de lécher ce picotement.

— Avec tous ses muscles ? Je ne pense pas que ce sera un problème.

Elle lui fit un clin d'œil et il rit avant de la poser doucement au bord du lit.

— C'est bon de savoir que tu aimes mes muscles, dit-il en ricanant. Est-ce que je devrais être complètement niais et te demander si tu aimeras en voir plus ?

Il n'arrivait pas à croire qu'il plaisantait avant de s'envoyer en l'air, mais Kate le poussait à s'ouvrir plus que jamais.

La quitter allait sûrement être plus douloureux qu'il ne l'imaginait.

Non, il refusait d'y penser pour le moment. Il devait vivre dans l'instant. C'était ce qu'il devait faire.

— Sois niais, dit-elle avec un sourire. S'il te plaît.
Je veux voir tous tes tatouages.

Il se lécha les lèvres, le goût de cette femme l'en-
ivrant, et il déboutonna sa chemise, la laissant tomber
par terre. Il enleva rapidement son maillot et posa
son regard sur elle.

Lorsqu'elle entrouvrit les lèvres et que ses
pupilles se dilatèrent, il commença à durcir incroya-
blement. Elle était debout, donc sa poitrine était
collée contre son torse. Elle glissa ses doigts sur son
bras gauche qui était totalement rempli de fleurs, de
tourbillons noirs, et de souvenirs des dix ans. Puis ses
doigts effleurèrent le côté droit où un dragon
dormait, attendant sa prochaine aventure. Il aimait
ses dessins et avait un bon tatoueur à Denver qui
gérait une boutique familiale, mais avec les mains de
Kate sur son corps, il ne pouvait se souvenir de leurs
noms.

Puis il se rappela quelque chose d'important
qu'il avait oublié.

— Merde, marmonna-t-il.

Elle leva ses yeux écarquillés vers lui.

— Qu'est-ce qu'il y a ? Je te fais mal ?

Elle enleva ses mains et il les saisit rapidement
entre les siennes, embrassant le bout de ses doigts.

— Tu ne pourrais pas me faire de mal.

Pas physiquement, en tout cas.

— Je viens juste de me souvenir que j'ai un préservatif dans mon portefeuille, mais puisque je n'avais pas prévu ça pour ce soir...

Il avait espéré, mais il n'avait pas voulu mettre la barre trop haut.

Elle se mordit la lèvre.

— Je ne pensais pas que nous ferions l'amour ce soir, donc je n'ai rien acheté non plus.

Grayson souffla.

— On dirait que je vais devoir me contenter de te dévorer pendant des heures, à la place. J'espère que ça ne te dérange pas. Je veux dire, je veux que tu jouisses plusieurs fois avant que j'utilise cette unique capote, donc tu ferais mieux de te préparer à avoir ma bouche sur ta chatte.

Kate s'éventa avant de tendre la main et de la passer sur son érection au travers du pantalon.

Il retint un grognement, ses hanches se levant instinctivement pour qu'il la touche davantage.

— Mon Dieu, souffla-t-il.

— Non, moi, c'est Kate.

Elle leva les yeux vers lui.

— Dis-le avec moi. Kate.

Il l'embrassa passionnément avant de la prendre dans ses bras et de la poser sur la couverture. Elle laissa échapper un couinement et il s'agenouilla entre ses jambes, lui enlevant ses chaussures l'une après l'autre dans une rapide succession.

— Je vais probablement dire ton nom à plusieurs reprises quand je vais te baiser. Mais ça veut dire que je ferai de mon mieux pour te faire crier le mien aussi.

Kate se pencha dans ses bas, le regardant tandis qu'il glissait ses mains sous sa robe pour atteindre sa culotte.

— Grayson..., souffla-t-elle.

— Oui, Kate, juste comme ça.

Il se pencha en avant et embrassa son pubis par-dessus la robe et sa culotte, appréciant les petites exclamations qui provenaient de sa bouche. Levant son vêtement par-dessus sa taille, il l'embrassa sous le ventre et les cuisses, avant d'enlever lentement sa culotte. Lorsqu'elle fut nue devant lui, il envoya une prière à quiconque écoutait, avant de lui écarter les jambes, ayant besoin de la goûter.

— Oh, merde, marmonna-t-il.

Il fredonna contre elle, léchant et suçotant, ayant besoin d'encore plus. Lorsqu'il entra un doigt en elle, elle se cambra contre lui, son corps tremblant. Puis, il mordit doucement son clitoris et elle jouit sur son visage, criant son nom si fort qu'il était presque sûr que les voisins pouvaient entendre.

Et il s'en foutait totalement.

Lorsqu'elle voulut reprendre de l'air, il l'embrassa à nouveau, avant de la déshabiller complètement. Il embrassa ses tétons, appréciant le poids lourd de sa poitrine dans ses mains. Elle remplissait bien sa paume, et il n'avait *pas* de petites mains.

— Moi aussi, j'ai envie de te voir, haleta-t-elle en roulant ses tétons entre ses doigts.

— Si on fait ça, je vais peut-être jouir trop tôt.

— S'il te plaît.

— Eh bien, puisque tu le demandes si doucement.

Il se pencha en avant, l'embrassant à nouveau avant de se débarrasser de son pantalon et de son boxer.

Elle leva des yeux écarquillés vers lui.

— Tu, euh, n'as pas mentionné le piercing.

Il baissa les yeux vers le piercing au pénis qu'il avait depuis des années et grimaça.

— Je peux l'enlever, si tu veux. Le préservatif que j'ai est assez large pour le contenir, mais si tu penses que ça va te faire mal, je peux totalement l'enlever.

Elle se mordit à nouveau la lèvre avant de secouer la tête.

— J'ai *vraiment* envie de savoir ce que ça fait. Si ça ne te dérange pas.

Il agrippa la base de son sexe, son corps tremblant et se rapprochant trop de la jouissance pour que ce soit confortable.

— Je peux arranger ça. Maintenant, je pense que j'ai mentionné à plusieurs reprises que je voulais te bouffer, n'est-ce pas ?

Elle rougit avant de serrer les cuisses.

— Euh, oui.

Il se pencha en avant et appuya ses lèvres contre ses genoux.

— Tu deviens timide avec moi ?

Elle laissa échapper un soupir profond avant d'écarter ses cuisses.

— Pas avec toi, dit-elle doucement. Je ne serai pas timide avec toi.

Il déglutit difficilement.

— Bien.

Lorsqu'il baissa la tête pour embrasser sa chair la plus intime, elle cria son nom deux fois de plus, son corps rougi et transpirant à cause de l'attention qu'il lui portait.

Quand il enfila le préservatif et se pencha au-dessus d'elle, ils étaient tous les deux en train de trembler et il était plus que prêt à être en elle. Il s'appuya sur un avant-bras et utilisa l'autre main pour se guider dans sa chaleur mouillée. Elle était si chaude et trempée, mais elle était aussi serrée. Elle était suffisamment agréable pour qu'il doive reprendre le contrôle de sa respiration afin de ne pas jouir trop rapidement.

Il garda les yeux sur elle en la pénétrant. Elle entrouvrit les lèvres et leurs souffles devinrent laborieux. Elle avait les mains sur lui, le caressait, l'attirait près de lui. Donc quand il finit par bouger, leurs coups de reins furent assortis, leurs corps se cambraient l'un contre l'autre alors qu'ils faisaient l'amour. Parce qu'autant il voulait dire que ce n'était qu'une baise, autant il savait que ce n'était pas simplement un coup d'un soir.

C'était plus.

Et lorsqu'ils jouirent en chœur, leurs corps glissants à cause de la transpiration et satisfaits, il comprit que cela serait un problème.

Puisque dès qu'il serait parti, il quitterait sa vie pour toujours. Et il était vraiment terrifié à l'idée de laisser une part de lui en même temps.

CHAPITRE SIX

— JE CROIS que je vais me mettre à flipper.

Kate essaya de reprendre sa respiration, mais elle n'y arrivait pas vraiment. Même le café n'aidait pas, et en général, ce breuvage réglait tout.

— Tu es déjà en train de flipper, mais ce n'est pas grave. Tu mérites de taper une bonne crise.

Rae s'assit en face d'elle dans le petit café à côté du cabinet dentaire. Elles étaient en pause déjeuner. D'ordinaire, elles ne se retrouvaient pas pendant la journée quand elles avaient tant d'autres choses à faire, mais aux grands maux les grands remèdes.

— J'aurais cru que toute cette histoire de déménagement dans ma ville natale serait ce qui me provoquerait une crise, dit Kate avant de boire une lampée de son café glacé.

Rae secoua la tête.

— Non, c'était un acte rationnel à cause d'une situation horrible qui était hors de contrôle. Tu essayais de reprendre les choses en main pour que ça fonctionne. Ce n'est pas une crise.

Elle marqua une pause.

— Coucher avec Grayson et faire une crise de panique le lendemain matin parce que tu t'es envoyé en l'air avec lui, c'est ça qui te fait flipper. Mais vraiment, ce n'est rien. Comme je l'ai dit, tu le mérites.

Kate se pinça l'arête du nez.

— Je n'arrive pas à croire que j'ai couché avec lui lors du premier rendez-vous.

— Moi, si, lâcha Rae d'une voix rêveuse. Vous êtes tous les deux partis en rendez-vous en sachant ce qui pourrait se passer. Et ça s'est passé. Vous avez tous les deux clairement apprécié, d'après ce que tu m'as dit. Et puisque vous avez tous les deux vécus cette nuit en connaissant l'issue, ce n'est pas grave si tu as aimé. Si ?

— Arrête d'être logique, dit doucement Kate. Mon cerveau n'est pas prêt pour la logique.

Rae tendit la main et tapota délicatement celle de Kate.

— Je pense que ce qui te fait vraiment peur, c'est que tu apprécies Grayson.

Kate releva brusquement la tête.

— Quoi ? Bien sûr que je l'apprécie. J'ai couché avec lui. Je ne couche pas avec les gens que je n'apprécie pas. Même si je l'ai fait avec Jason.

Rae secoua la tête.

— Ne parlons pas de Jason. Ou peut-être qu'on devrait le faire plus tard, puisque je conçois que ta relation avec lui dans le passé assombrit clairement tes pensées sur Grayson.

— Les deux n'ont rien en commun, mentit-elle.

Rae lui lança un regard entendu.

— Étant donné que les deux hommes sont les *seuls* avec qui tu as couché, je vais dire qu'ils ont quelque chose en commun. Mais Kate, chérie, tu flippes parce que tu apprécies Grayson. Dans le genre *plus* que pour une unique nuit.

Kate secoua la tête.

— Je ne peux pas.

Sa voix se brisa et elle renifla, énervée contre elle-même parce qu'elle se montrait trop sensible.

— Enfin, je viens juste de le rencontrer. La version plus âgée de lui, je veux dire. Je n'en sais pas suffisamment à son sujet pour l'apprécier de cette façon.

Rae croisa son regard.

— Parfois, une chance de connaître le bonheur te tombe dessus quand tu t'y attends le moins.

Kate souffla.

— J'ai... j'ai besoin de parler d'autre chose, maintenant.

Sa meilleure amie lui serra la main.

— Je suis là pour toi, dans toutes les situations, Kate. Tu le sais.

— Je sais.

C'était effectivement le cas. Sans Rae lors de l'année qui venait de s'écouler, Kate n'aurait rien pu faire. Et une nouvelle fois, cela l'effrayait.

— Alors... tu sais que je prévoyais de postuler dans plusieurs écoles ?

Les yeux de Rae s'illuminèrent.

— Bien sûr que oui. Tu l'as fait ?

Kate se mordit la lèvre et acquiesça.

— Oui.

— Et ?

— J'ai été prise.

Rae rebondit sur sa chaise.

— Dans quelle université ? Je sais que tu pensais candidater dans trois facs hors de l'État qui avaient le programme et la bourse parfaite pour toi. Tu as été reçue dans l'une de celles-ci ?

— J'ai postulé dans les trois.

Elle marqua une pause.

— Et j'ai été accepté dans les trois. Avec un salaire.

Rae laissa échapper un petit couinement et étreignit fermement Kate.

— Je suis tellement fière de toi. Je *savais* que tu pouvais le faire.

Comme c'était amusant. Rae et Tessa étaient les seules qui croyaient qu'elle pouvait faire quoi que ce soit, ces temps-ci. Enfin, avec Grayson. Mais elle n'était pas sûre de savoir si c'était parce qu'il *la* voyait vraiment ou si c'était à cause de ce qu'elle avait été par le passé. Et c'était le nœud du problème. Du moins, la base du problème, en tout cas.

— Je ne sais pas ce que je vais faire, chuchota-t-elle.

Elle baissa les yeux vers son café glacé une fois que Rae se rassit sur sa chaise.

— Denver est probablement la meilleure université pour moi, académiquement parlant, et la zone est assez grande pour que je trouve les écoles parfaites pour les enfants, et qu'ils se fassent des amis. En plus, c'est *tellement* beau, et j'ai toujours voulu vivre là-bas. Mais...

Le regard de Rae devint plus triste.

— Mais Grayson vit là-bas et maintenant, tu penses à ce que cela signifie pour toi et lui.

— Exactement. Enfin, c'est assez dur de songer à un déménagement en général, quand je viens juste de les déraciner il y a quelques années à Catfish Creek après le divorce. Je vais les déplacer encore une fois, et ce sera carrément en dehors du Texas. Mais je ne crois pas pouvoir rester, Rae. Ça me tue.

Chaque fois qu'elle allait au travail, elle avait de plus en plus l'impression d'être un échec ambulant. Ses parents n'aidaient pas. À part Rae et Tessa, elle n'avait personne pour la retenir ici.

Elle ignorait totalement comment sa ville natale était devenue le seul endroit où elle sentait la vie l'abandonner complètement, mais en revanche, ce qu'elle savait, c'était qu'elle ne pouvait plus demeurer ici.

Et cela signifiait qu'elle devait déménager dans l'un des trois endroits qui voulaient d'elle. Néanmoins, la ville qui semblait parfaite était celle qui pouvait finir par lui faire du mal. Si elle partait à Denver, une petite partie d'elle se demanderait toujours si c'était à cause de *lui* plutôt que pour elle. Elle avait déjà interrompu sa vie pour un homme, elle ne recommencerait pas.

— Je pense que tu as besoin de faire ce qui te

paraît bien pour toi, dit Rae après un moment. Et pendant que tu y réfléchis, dis-toi que tu as candidaté dans ces écoles *avant* que Grayson revienne en ville. Donc il y a clairement quelque chose qui t'a attiré là-bas avant lui. Si c'est à Denver que tu veux déménager, peut-être que c'est pour une raison particulière.

Kate soupira.

— Mais si c'est la mauvaise raison ?

— Tu ne peux pas laisser ce qu'il s'est passé avec Jason dicter la façon dont tu vis le reste de ton existence.

Rae avait peut-être raison, mais ça ne rendait pas les choses plus faciles.

— Kate, tu aimais bien Grayson au lycée et je pense que ça t'inquiète. Il n'est pas le même homme qu'avant, mais tu n'es plus la même femme non plus. Peut-être que tu devrais continuer de voir ce qui va arriver.

Kate ferma les yeux.

— J'étais avec Jason à ce moment-là. Je n'aimais personne d'autre.

— C'est faux, c'est juste que tu n'as pas agi en fonction de cette affection parce que tu es une bonne âme. Tu es aussi humaine et tu peux constater qu'il y a du potentiel avec plus d'une personne à la fois.

— Ça n'a pas d'importance.

— Si. Parce que ça signifie que, peu importe ce que tu ressens, maintenant, c'est n'est pas aussi nouveau que tu aimerais le croire. Tu sens cette connexion parce qu'il y a *toujours* eu quelque chose entre vous.

Une fois encore, Kate aurait pu dire la même chose à propos de Rae, mais elle ne voulait pas faire de mal à son amie. Certaines histoires devaient rester dans le passé. Elles se dirent au revoir et retournèrent au travail. Anton fut aussi revêche que d'habitude et il aida Kate à prendre une décision sur les écoles plus vite que prévu.

Lorsqu'elle rentra à la maison, les enfants préparaient leur sac pour leur nuit avec Jason chez ses parents, et sa baby-sitter franchit la porte d'entrée en une seconde. Les étés s'avéraient vraiment difficiles pour l'emploi du temps de Kate et parfois, elle avait l'impression qu'elle ne pouvait jamais voir ses bébés.

— Maman, tu sais où est Binky ? cria Lili depuis la chambre.

Binky était son éléphant en peluche qu'elle emportait avec elle quand elle dormait chez quelqu'un d'autre. Elle n'en avait pas toujours besoin, mais après le divorce, elle s'y était accrochée. Kate ne lui en voulait pas et même si Jason trouvait ça inconvenant, Kate savait que tout le monde avait besoin d'un réconfort en particulier, parfois.

Au lieu de hurler en retour, Kate rejoignit l'arrière de la maison, où se situaient les chambres des enfants, et s'appuya contre le cadre de la porte. Comment sa progéniture était-elle devenue si grande aussi rapidement ? Elle aurait pu jurer que ses bébés n'avaient été que des *bébés, justement,* quelques minutes plus tôt.

Et pourtant, voilà où ils en étaient. West s'apprêtait à atteindre un âge à double chiffre et Lili agissait comme si elle était une femme s'approchant de la quarantaine au lieu de l'adorable petite fille de Kate. Même si les choix qu'elle avait pris dans sa vie auparavant n'avaient pas été ce qu'on attendait d'elle, Kate savait qu'elle ne changerait rien si cela lui enlevait les parties les plus précieuses de son cœur. West et Lili étaient tout pour elle, et c'était la raison pour laquelle elle avait besoin de leur parler de ce qu'il se passait autour d'eux.

Je vais peut-être garder la partie sur Grayson pour moi, pensa-t-elle rapidement. Elle n'était pas vraiment prête à évoquer l'homme pour lequel elle aurait un faible, même si quelque chose au plus profond d'elle suppliait que ce soit plus que ça.

— Je pense que tu as dû le laisser chez mamie et

papy, chérie. Je ne me souviens pas l'avoir vu quand tu es revenue à la maison. Tu veux que je les appelle ?

Lili se mordit la lèvre avant d'acquiescer.

— Si ça ne te dérange pas.

Kate avança dans la chambre de sa petite fille et la serra contre elle, ressentant un picotement dans le cœur quand Lili l'étreignit aussi fort en retour.

— Je vais appeler tout de suite, bébé. Ne t'inquiète pas.

Lili recula et frotta le dos de ses mains contre ses joues.

— Pardon d'avoir pleuré.

Kate fronça les sourcils et attira Lili pour qu'elles soient assises côte à côte sur le lit de princesse.

— Pourquoi es-tu désolée ? Pleurer, c'est naturel, chérie. Nous le faisons tous.

— Mais papa dit que brailler, c'est pour les bébés, et que je suis trop vieille pour être un bébé.

Kate se mordit la joue pour ne pas balancer quelque chose de méchant sur le père de ses enfants. Elle avait fait de son mieux pour que le pire des procédures judiciaires n'affecte pas les enfants, mais Jason n'avait pas fait autant attention. *Qu'il aille se faire voir*, pensa-t-elle pour la millième fois. Qu'il aille se faire voir.

— Même les adultes pleurent, Lili. Ça ne fait pas de toi un bébé et il n'y a rien de mal à montrer tes sentiments.

Elle embrassa le sommet du crâne de sa fille et la serra contre elle, comme Lili le fit en retour.

— Elle a pleuré à l'école, aussi, dit West depuis l'embrasure de la porte. Mais elle n'a pas voulu que je tape le garçon qui l'a fait pleurer.

— Rapporteur ! cria Lili.

Kate tint la petite contre elle en levant les yeux vers son fils.

— Je suis contente que tu ne l'aies pas tapé, West. La violence n'est pas la solution.

Elle regarda Lili.

— Qui t'a fait pleurer et pourquoi ?

Elle appellerait les parents et les professeurs pour le découvrir, parce que *personne* ne devait faire de mal à ses bébés.

— C'était juste Trevor, chuchota Lili. Il a dit que j'étais pauvre puisque mon père ne vivait pas avec moi et que ça voulait dire que tu couchais avec de mauvais garçons. Mais je ne sais pas ce que ça veut dire, parce que tu couches à la maison, et parfois sur le canapé si tu t'endors avant d'aller au lit. Je n'ai jamais vu un mauvais garçon.

Elle jeta un coup d'œil à son frère.

— À part West.

West plissa les paupières et Kate leva une main. Mon Dieu. Qu'enseignaient les parents à leurs enfants ? Parce que Trevor n'apprenait pas ces mots tout seul, Kate en était certaine. Elle *détestait* les ragots, mais il semblerait que la réunion des anciens élèves mettait tout le monde sur les nerfs et elle n'y échapperait pas.

Lorsque Kate lui fit un geste, West arriva et s'assit de l'autre côté pour qu'elle puisse serrer ses deux enfants contre elle.

— Je ne veux pas que tu fasses attention à ce que disent ces enfants. Ils utilisent de vilains mots qu'ils ne devraient pas dire, et ils n'ont pas été gentils avec toi.

West l'embrassa sur la joue.

— Mais si tu veux un petit copain, tu peux en avoir un. La maman de Meggie en a un. Il est vraiment gentil et les emmène manger des glaces.

Kate plissa les yeux. La mère de Meggie en était à son septième petit ami depuis son divorce l'année dernière et avait ses propres problèmes, mais Kate ne pouvait pas vraiment la juger, n'est-ce pas ? Bon sang, elle devait s'éclaircir les idées.

— Je ne sais pas si je suis prête pour avoir un copain, vous savez.

Ça, au moins, c'était honnête.

— Alors tu ne sors pas avec Grayson ? demanda Lili.

Kate se figea.

— Quoi ? Où as-tu entendu ça ?

Lili baissa la tête et West répondit pour elle.

— Papa disait quelque chose à propos de toi et d'un toxico du nom de Grayson.

La couleur lui monta aux joues, et Kate ressentit le besoin d'étrangler son ex une fois de plus.

— D'abord, vous ne devriez pas écouter les conversations, cracha-t-elle en tentant de se calmer.

— Il nous l'a dit, déclara West, les larmes aux yeux.

Kate retint un juron et les serra encore contre elle.

— Eh bien, c'est une chose dont je vais devoir parler à votre père. Mais Grayson n'est pas un toxico. C'est un... C'est un ami du lycée qui est revenu en ville pour la réunion des anciens élèves.

— Tu l'aimes bien ? demanda Lili, les yeux à nouveau brillants.

Kate se mordit la lèvre, ne sachant pas vraiment comme elle allait répondre jusqu'à ce qu'elle prenne enfin la parole.

— Oui, je l'aime bien, chuchota-t-elle. C'est un

homme sympa. Mais nous sommes amis et je suis désolée que vous ayez dû entendre de telles choses.

West l'embrassa sur la joue avant de bondir. Dernièrement, il n'acceptait les câlins que pendant un temps. Elle était surprise que ça ait duré si longtemps.

— Eh bien, si c'*est* ton petit ami, j'espère qu'il est mieux que *Karly*.

Il leva les yeux au ciel, et Lili gloussa.

Kate ne pouvait pas vraiment le contredire, mais tout de même.

— Sois gentil. Karly va devenir votre belle-mère.

Son estomac se serra quand elle y pensa.

— Oui, comme la belle-mère de Cendrillon, chantonna Lili.

Kate leva les yeux au ciel et se redressa.

— D'accord, vous deux, soyez gentils. Je vais appeler mamie et papy pour Binky avant que votre père arrive.

Elle les embrassa sur le sommet du crâne et partit dans le salon pour passer le coup de fil. Elle allait également avoir une petite discussion avec son bon vieil ex-mari parce qu'il avait dépassé les bornes. Il épousait une autre femme et il avait le *culot* de faire des commentaires sur Grayson ?

Kate ne savait peut-être pas ce qu'elle ferait

ensuite avec sa vie, ou avec Grayson, mais elle serait maudite si elle laissait Jason assombrir une seule seconde de son existence.

Lorsqu'il passa prendre les enfants, en klaxonnant dans l'allée plutôt qu'en osant venir jusqu'à la porte, Kate avait une migraine et voulait simplement manger de la glace et négliger le monde. Néanmoins, l'univers ne souhaitait pas l'ignorer et elle avait un tas de listes de choses à faire. C'est ainsi que la sonnette résonna, et qu'elle se cacha presque pour que personne ne sache qu'elle était à la maison. Tristement, elle n'était pas *aussi* lâche.

Elle regarda au travers du judas et se figea, son corps se paralysant avant de se réchauffer bien trop rapidement. Kate baissa les yeux vers son legging usé, sa tunique, et soupira. Enfin, il l'avait vue nue, après tout, il allait devoir s'habituer à la voir comme ça.

Ce n'était pas comme s'il restait en ville et qu'il aurait le temps de s'accoutumer à de telles choses.

Bon sang.

Elle ouvrit la porte et fronça les sourcils en voyant Grayson de l'autre côté.

— Je ne savais pas que tu passais, déclara-t-elle maladroitement.

Il plongea ses mains dans ses poches et la regarda fixement.

— Tu as dit que les enfants seraient avec Jason, ce soir, et j'ai pensé que tu n'aurais pas envie d'être seule puisqu'ils ne sont pas ici, avec toi.

Il marqua une pause.

— Ou alors j'ai vraiment mal interprété la situation et tu veux passer du temps en solitaire.

Elle s'agrippa au bord de la porte, tellement d'émotions luttant en elle.

— J'avais prévu de m'occuper des factures, de la lessive et du nettoyage de la salle de bain.

Elle sourit avant de conclure :

— Je sais, c'est glamour.

Il tendit la main et écarta une mèche de ses cheveux derrière son oreille. La chair de poule monta sur sa peau et elle fit de son mieux pour ne pas frissonner rien qu'à son contact.

— Je pense que tu es plutôt glamour, peu importe ce que tu fais. Tu as besoin d'aide ?

Elle cligna des yeux.

— Sérieusement ?

Elle recula et grimaça.

— Désolée, entre, plutôt que de rester devant la porte.

Elle haussa les épaules alors qu'il entrait chez elle. Il était si grand qu'il remplit rapidement l'espace.

— J'ai pris ma semaine et je suis venu ici pour m'assurer que Leah allait bien, et maintenant, elle fait ses trucs dans son coin. Je n'ai rien de mieux à faire que de rester assis dans ma chambre d'hôtel à regarder la télé ou à jouer sur mon téléphone.

— Leah et toi, vous êtes proches, alors ? s'enquit-elle.

Elle aurait pu se frapper mentalement.

Grayson lui lança un doux regard.

— C'est ma meilleure amie. On a tous les deux fini à Denver après le lycée et les choses sont restées comme ça. On ne couche pas ensemble, on ne l'a jamais fait. Elle est comme ma famille, tu sais ? Je ne souhaitais pas du tout venir à la réunion des anciens élèves, mais elle m'a inscrit et m'a harcelé jusqu'à ce que je sois d'accord.

— Pardon si j'ai semblé jalouse. Je ne suis pas ce genre de femmes et je déteste d'en avoir l'air.

Grayson haussa un sourcil.

— Non, tu avais l'air d'une femme qui désirait savoir si je couchais avec quelqu'un d'autre. Je comprends. Tout le monde ne saisit pas tout de suite ma relation avec Leah et bon sang, j'ai eu des femmes dans ma vie auparavant qui voulaient frapper Leah juste parce qu'elles n'étaient pas sûres d'elles. Leah est restée. Ces femmes-là, non.

Kate secoua la tête.

— Je ne te demanderai jamais ça, tu sais. On dirait que vous êtes amis depuis toujours. Et je déteste avoir remis ça en question même un instant.

Grayson tendit la main et la glissa sur la sienne.

— Comme je l'ai dit, tu peux poser des questions. Si tu ne m'avais pas cru, alors nous aurions eu un problème. Leah est restée avec moi et m'a aidé une grande partie de ma vie. Comme tu l'as probablement deviné, mon enfance n'a pas été la meilleure du monde et ça a toujours été sympa de savoir que j'avais une amie.

Kate lui serra la main.

— Tu veux en parler ? Enfin, je sais que tu pars bientôt et ce n'est pas...

Il posa un doigt sur ses lèvres.

— Je peux en parler avec toi. Je ne sais pas pourquoi j'ai l'impression de le pouvoir, mais tu ressens cette connexion aussi, non ? Il y a quelque chose entre nous même si nous luttons tous les deux contre.

Alors si on arrêtait de discuter du temps qu'il nous reste pour faire avec ce que nous avons, d'accord ?

Elle acquiesça et recula lentement.

— D'accord. Et si on buvait un coup ? J'ai le sentiment que nous pourrions en avoir besoin.

Grayson se pencha en avant et effleura ses lèvres.

— Ça me va. Désolé de ne pas t'avoir embrassée quand je t'ai vue. J'en avais envie, mais je me suis aussi dit que tu avais besoin d'espace.

Elle l'embrassa en retour, un peu plus passionné-ment cette fois.

— T'embrasser, je peux le faire. J'aime bien ça.

Tout le reste paraissait peut-être un peu flou et fou à ce moment-là, mais embrasser Grayson ne sembla pas le moins du monde bizarre.

Il sourit.

— Bien.

Donc, heureusement, il l'embrassa à nouveau. Lorsqu'il recula, cette fois-ci, ils étaient tous les deux essoufflés, mais elle ressentait toujours une tension dans l'atmosphère qui indiquait qu'ils avaient besoin de parler.

Lorsqu'ils furent tous les deux assis sur le canapé avec un verre de vin près d'elle sur la table et une bière à côté de lui, elle soupira.

— Tu n'as pas à parler de ces choses si tu n'en as pas envie, dit-elle enfin.

Grayson tendit la main et prit son visage en coupe, caressant sa mâchoire du pouce avant de reculer. Il sembla détendre ses épaules, puis commença.

— Je n'ai pas abandonné le lycée, comme tant de gens le pensaient.

Elle acquiesça.

— Je sais. Cette ville peut-être si méchante, parfois.

D'où ses plans pour partir.

Attendez. Ses plans ? Comme si elle avait déjà pris sa décision ? Elle repoussa ces idées de son esprit, mais elle savait que la conversation qu'elle avait eue avec ses enfants ce soir-là avait fait progresser sa réflexion.

— Ce n'est pas juste cette ville, Kate, et tu le sais. Mais oui. Bref, je n'ai pas abandonné, j'ai seulement fini mes cours, de peu, et j'ai reçu mon diplôme par la poste à cause de circonstances atténuantes.

Kate tendit la main pour s'agripper à la sienne. Elle était montée sur l'estrade le jour de la remise du diplôme, elle avait fait son discours devant toute la classe et d'innombrables autres invités. Cela avait été le couronnement de son succès après des années de dur labeur. Pourtant, malgré tout ça, elle finissait ici sur le canapé avec Grayson et ni l'un ni l'autre n'était comme avant.

Les circonstances étaient ce qui faisait une personne, mais la façon dont celle-ci les gérait définissait qui elle était vraiment.

— J'avais deux boulots à temps partiel pendant le lycée, parce que sans mon salaire, nous aurions été incapables de garder un toit au-dessus de nos têtes. Je ne pouvais simplement plus suivre les devoirs à l'école, et j'étais constamment fatigué, alors les enseignants pensaient que j'avais un problème de comportement. Seul le Casse-Bonbons faisait attention à moi puisqu'il voulait que je tape dans le ballon. Je n'avais tout bonnement pas le temps.

Kate écarquilla les yeux.

— Je n'avais pas entendu quelqu'un appeler le coach Casse-Bonbons depuis des années.

Grayson ricana.

— Apparemment, certaines choses qui se sont passées au lycée restent encore dans nos têtes après toutes ces années.

Il souffla.

— Alors, bref, je me suis cassé le cul et je n'ai pas beaucoup dormi. Les gens pensaient que je m'en fichais, mais ce n'était pas le cas. Ça me préoccupait tellement que j'ai fini par me faire du mal. Mais ce que les autres pensaient de moi m'importait peu. Je n'avais pas le temps de m'en occuper. Je devais soutenir ma mère et mes trois sœurs, tu sais ?

Le cœur de Kate était douloureux.

— Tu es un bon frère et un bon fils, Grayson.

Elle marqua une pause, se souvenant de tous les ragots quand elle avait déménagé loin avec Jason.

— Est-ce que ta famille a déménagé ?

Elle fronça les sourcils.

— Je ne sais pas pourquoi je serais au courant d'une telle chose, rajouta-t-elle.

Grayson rit d'une voix rauque.

— Tu aurais pu être informé, parce que c'était *habituel*, à l'époque, avec les adultes. Tu vois, mon père nous a laissés quand j'avais environ treize ans. Il est juste parti et n'a jamais regardé en arrière. Ça ne me dérangeait pas puisque c'était un vrai connard avec ma mère et il était encore pire avec moi. Lorsqu'il a commencé à observer mes sœurs comme si elles étaient des sacs de frappe, je me suis dit que je devais me muscler pour combattre en retour.

— Nom de Dieu, Grayson.

Il secoua la tête.

— Mais il est parti, tu vois ? Ça craint parce qu'il a refusé de divorcer avec ma mère, donc nous ne pouvions pas accéder aux aides dont nous avions besoin, et il ne payait aucune pension alimentaire, puisqu'ils n'étaient pas divorcés alors tout ça s'est transformé en drame. Ma mère travaillait comme une folle jusqu'à ce que je devienne assez vieux pour avoir un job. J'ai commencé assez tôt, je ne gagnais pas ma vie légalement, mais au moins les filles avaient à manger.

— La ville aurait dû faire quelque chose pour vous, bon sang. *Quelqu'un* aurait dû faire quelque chose.

Elle détestait que Grayson ait traversé tout ça, et cela lui donnait envie d'enrouler ses bras autour de lui pour ne jamais la relâcher.

— Certaines personnes auraient pu le faire, mais Kate chérie, nous étions des cas sociaux blancs vivant dans un lotissement de mobile homes. Nous vivions au maximum de notre potentiel cliché. De temps en temps, l'aide alimentaire venait pour nous donner à manger afin qu'on note leur nom et qu'ils soient dans les bonnes grâces de ceux qui avaient de l'importance à l'église, mais ça n'était jamais grand-chose. J'ai appris tôt que si nous voulions faire quelque chose de nos vies, nous devions nous débrouiller seuls.

Elle secoua la tête, à nouveau furieuse.

CARRIE ANN RYAN

— Ça n'est tout de même pas normal.

— Et le fait que tu le croies et que tu aurais fait quelque chose pour nous aider m'indique que tes enfants sont sacrément chanceux de t'avoir comme maman.

Elle se pinça les lèvres, les larmes picotant ses yeux. Cet homme savait exactement quoi faire pour qu'elle tombe amoureuse de lui, et elle était presque sûre qu'il ne s'en rendait même pas compte.

— Leah est restée ton amie pendant tout ce temps ? demanda-t-elle en voulant apaiser ses douleurs et en sachant qu'elle n'en serait peut-être pas capable.

Grayson sourit alors, ses yeux s'illuminant à la mention du nom de l'autre femme. Kate ne ressentit pas un seul fourmillement de jalousie à cause de leur passé. Comment pouvait-elle être jalouse quand Grayson ne pouvait s'appuyer sur personne ?

— Elle était toujours là pour moi. Elle l'est encore. Et c'est constamment une emmerdeuse.

Il souffla.

— Alors, pour boucler la boucle, elle était aussi là, le soir où mon père est revenu.

Kate écarquilla les yeux.

— Il est revenu ? Le salaud.

128

Grayson secoua la tête alors même qu'un sourire fendait son visage.

— Oui, c'est un salaud. Il est revenu totalement bourré parce qu'il avait besoin d'argent. J'étais plus âgé que lorsqu'il est parti, mais pas assez grand.

Il serra le genou de Kate et elle s'appuya contre lui, sachant qu'ils avaient tous les deux besoin de chaleur.

— Il m'a tabassé parce que je l'ai empêché de frapper ma mère. Il avait retrouvé ses anciennes habitudes, tu vois. J'ai fait sortir mon père de la maison et ma mère en avait eu assez. Je pense qu'elle était juste fatiguée et embarrassée, même si elle n'avait aucune raison d'avoir honte. Je l'ai emmenée, et les filles aussi, hors de la ville, dans un motel bon marché avant de pouvoir me débarrasser de la maison et en trouver une autre. J'avais dix-huit ans, à l'époque, et ma mère a retrouvé immédiatement du travail. Elle s'est lentement refaite et elle gagnait une somme d'argent décente puisqu'elle n'était plus la femme Cleary.

— Pourquoi tu n'es pas allé avec elles, alors ? demanda-t-elle. Je veux dire, tu as parlé d'une autre ville et pas de Denver, donc je devine que tu n'as pas fini avec elles.

— Pendant un moment, si, mais je pense que je

ressemblais trop à papa et c'était difficile pour maman.

Il passa son bras autour de Kate et elle fronça les sourcils.

— Ce n'est plus ainsi, désormais, mais à l'époque, c'était dur à gérer pour elle. Alors j'ai voyagé et j'ai fini à l'école de mécanique de Denver et je travaillais tard dans un *restaurant*. J'envoyais ce que je pouvais pour m'assurer que les filles puissent aller à l'école, et maintenant, je les vois plus souvent qu'à l'époque, honnêtement. Je n'étais pas fréquemment à la maison quand je vivais avec elles, donc que je parte après leur déménagement n'était pas si important que cela aurait dû l'être. Bref, je n'ai pas abandonné le lycée, mais je n'en étais pas loin. Sans la vice-principale qui me soutenait, je n'aurais probablement pas obtenu mon diplôme.

Kate ne savait pas quoi dire, donc elle fit la seule chose qu'elle pouvait. Elle se dégagea du bras de Grayson et chevaucha ses cuisses, déposant un doux baiser sur ses lèvres.

Les yeux de l'homme s'assombrirent et il appuya sa paume sur ses fesses, ses mains assez grandes pour les couvrir presque entièrement.

— Tu sais, si je pensais que mon histoire triste

allait finir avec cette réaction, je te l'aurais racontée plus tôt.

Kate poussa son épaule.

— Oh, arrête. Je suis honorée que tu me l'aies raconté, Grayson. Je suis tellement énervée que tu aies traversé tout ça et que j'aie été égocentrique au point de ne pas le voir.

Il lui serra les fesses.

— On ne traînait pas avec les mêmes cercles d'amis et si les autres étaient de vrais cons avec moi, toi, tu as toujours été gentille. Tu t'*inquiétais* alors que tu avais beaucoup de pain sur la planche. J'avais un énorme faible pour toi et tu ne m'as jamais fait sentir inférieur.

Elle baissa la tête.

— J'aurais aimé te connaître. Ou du moins, te connaître davantage.

Il leva son menton avec un doigt.

— Nous nous sommes trouvé, maintenant, Kate. C'est suffisant. Inutile de regarder un passé que nous ne pouvons changer.

Elle ravala ses larmes pour lui, pour elle-même, pour tout ce qu'ils perdraient quand la semaine s'achèverait.

— C'est le week-end de retrouvailles des anciens

élèves. Grayson, regarder dans le passé, c'est ce qu'on est censé faire.

Il secoua la tête.

— D'autres le feront peut-être, mais je te regarde, là, et c'est mon présent.

Il l'embrassa doucement.

— Bon sang, le futur va nous frapper en plein visage, mais je m'interdis de m'en inquiéter quand je t'ai dans mes bras. Tu es mon présent, Kate, tout comme je suis le tien.

Il prit son visage en coupe et l'embrassa un peu plus passionnément.

— Je n'ai pas envie de partir, chuchota-t-il d'une voix rauque. Pas ce soir ni dimanche soir.

Une larme glissa sur sa joue.

— Je ne peux pas penser à dimanche, mais tu n'es pas obligé de partir ce soir.

Il l'embrassa à nouveau et elle tomba contre lui, sachant que si elle réfléchissait trop à ce qui arriverait une fois qu'il serait parti, elle s'effondrerait.

Elle avait fait la pire chose possible lors de cette réunion d'anciens élèves.

Elle avait découvert ce qui lui avait manqué quand cela aurait dû compter le plus, et elle savait que si elle ne trouvait pas une façon d'arrêter le temps, elle allait une nouvelle fois tout perdre.

CHAPITRE SEPT

KATE SAVAIT que le thème du bal masqué pour la réunion des anciens élèves était censé être romantique et sexy, mais tout ce dont elle avait envie, c'était de vomir. Elle pouvait presque sentir les yeux des autres sur elle alors qu'elle avançait dans l'auditorium, faisant de son mieux pour ignorer les regards et les murmures.

— *Mon Dieu, regarde comme elle est tombée bien bas.*

— *Je pensais qu'elle était censée faire quelque chose de sa vie, regarde-la maintenant.*

— *Je me demande pourquoi Jason l'a quittée. Peut-être qu'elle était mauvaise au pieu. Au moins, elle n'est pas devenue trop moche.*

— *C'était celle qui avait le plus de chance de réussir ? Mon cul, oui.*

— *Elle s'est toujours crue mieux que moi. Regarde-la maintenant.*

Elle ajusta le grand masque noir et effleura les gemmes près de l'un de ses yeux. Aucun déguisement ne pourrait cacher qui elle était, pas quand les autres la fixaient trop intensément à son goût, et qu'ils avaient besoin de ragots.

Elle avait épousé le petit prodige et était elle-même devenue une star, pourtant, voilà où elle en était. Divorcée avec seulement son bac en poche. Et ce qui était triste, c'était qu'elle avait *gagné* tout ce qu'elle avait. On ne lui avait jamais rien *donné* comme tant d'autres le pensaient. Elle avait fait de son mieux, au lycée, afin d'obtenir une bourse et pouvoir aller à l'université. Sans ça, elle n'aurait eu aucune chance.

Même maintenant, elle n'aurait pas l'occasion d'avoir son diplôme et de commencer une nouvelle vie sans les aides financières et la gentillesse des autres.

Kate souffla en se servant du punch. Elle n'avait pas vraiment soif, mais elle avait besoin de faire quelque chose de ses mains. Grayson avait envoyé un message disant qu'il était en chemin, et elle avait eu envie de venir avec lui. Mais, apparemment, Karly avait prévu de faire quelques photos des personnes qui avaient été élues les plus prometteuses au lycée. D'où le fait qu'elle avait dû arriver plus tôt avec Anton pour leur photo.

Mon Dieu, elle détestait chaque instant de cette expérience. Son patron, ancien ami et rival ne l'avait même pas toisée. Il avait juste arboré son sourire parfait pour donner l'impression qu'on avait eu raison de l'élire le plus prometteur, alors que ce n'était pas le cas pour elle. Karly avait souri pendant tout ce temps, avec un éclat fou dans le regard.

Toute la situation picotait la peau de Kate et elle savait que peu importait ce qu'il se passait, elle prendrait une décision pour sa vie. Elle allait déménager. Bientôt. Elle accepterait la proposition qui était la plus logique pour elle, comparée aux autres, et elle prierait pour ne pas faire de mal à ses enfants en même temps. Elle ne pouvait qu'espérer qu'elle prendrait cette décision pour sa famille et non pour l'homme qu'elle attendait actuellement.

Parce qu'elle ne pouvait pas déménager à Denver à cause d'un homme pour lequel elle tomberait amoureuse trop violemment et trop rapidement. Ça n'aurait aucun sens. Mais elle *pouvait* déménager à Denver, car le Colorado avait les meilleures écoles pour elle et ses enfants.

Ils pouvaient quitter cette atmosphère de petite ville. Ils pouvaient laisser les souvenirs qui ne servaient qu'à leur faire du mal plutôt qu'à les rendre plus fort.

Elle pouvait abandonner les regards continus et déçus de ses parents. Ils seraient toujours ses parents, mais ça ne voulait pas dire qu'elle n'avait pas le droit de vivre à plusieurs kilomètres d'eux. Le déménagement serait difficile et elle n'était pas encore sûre que c'était la chose à faire, mais se tenant dans cet auditorium, avec son passé qui la fixait, elle savait qu'elle devait faire *quelque chose*. Vivre juste pour vivre ne lui avait pas beaucoup servi. Maintenant, elle devait *prospérer*.

Et, avec un peu d'espoir, Denver l'y aiderait.

Que Grayson vive également là-bas compliquait légèrement les choses, mais ce n'était pas tout. Denver était une grande ville, en fin de compte. Peut-être qu'après ce soir, elle partirait et ne regarderait jamais en arrière. Cela ne signifiait pas qu'elle devait le revoir et gérer tous ces souvenirs une fois qu'elle aurait emménagé.

Bien sûr, tout cela était un mensonge, puisqu'elle

savait qu'elle penserait toujours à Grayson et à ce qu'il lui faisait ressentir.

Elle était chérie.

On s'occupait d'elle.

Elle était *tout*.

Comment cet homme en était-il venu à signifier autant pour elle en l'espace d'une semaine ? Évidemment, elle l'avait connu auparavant, donc ils avaient un socle sur lequel baser leur relation, mais tout de même, tout allait trop vite pour elle et elle avait besoin de respirer.

Seulement, se tenir au bord de la piste de danse où des couples heureux commméraient sur leur adolescence ne rendait pas la tâche plus facile.

Rae avança vers elle à ce moment, sa robe voletant autour de ses hanches alors qu'elle se précipitait.

— Je t'ai vu fixer ton punch et je voulais m'assurer que tu allais bien.

Kate lui sourit doucement.

— Je vais mieux que jamais. Tessa est là ?

Elle regarda la pièce autour d'elle, essayant de repérer ceux qu'elle connaissait, mais c'était complexe étant donné que tout le monde portait des robes, des smokings et des masques sur le visage. Ce serait déjà trop difficile de reconnaître des personnes qu'elle n'avait pas vues depuis une décennie, mais avec tous ces déguisements, c'était peine perdue. Bien sûr, les autres la reconnaissaient étant donné qu'elle venait de poser pour les photos, mais Karly, leur organisatrice et l'épine dans le pied de Kate, avait voulu que les danses soient mystérieuses et sexy. Alors, des masques, pas de badges et une lumière tamisée.

Quel foutoir !

Elle se disait que si elle avait participé aux activités de la semaine, cela aurait pu être plus facile, mais contrairement à d'autres, elle avait un travail qui exigeait qu'elle soit là toute la semaine. Si on ajoutait ses enfants (et Grayson, supposait-elle), eh bien... aller à un barbecue n'était pas vraiment quelque chose qu'elle voulait faire, dans tous les cas.

— Je ne pense pas que Tessa soit là, déclara doucement Rae. Ou si c'est le cas, elle se cache sous un déguisement et je ne la trouve pas.

Kate ajusta son propre masque en soupirant.

— Bien que j'aime que les masques nous offrent un certain anonymat, Karly s'est assurée que ça n'arriverait pas pour moi. Maintenant, les gens savent qui je suis et je suis carrément incapable de reconnaître quiconque.

Rae lui tapota le bras.

— Ce sera bientôt fini.

Elle observa l'environnement autour de Kate.

— Je croyais que Grayson viendrait avec toi.

Kate se mordit la lèvre.

— Il était censé le faire, mais Karly a ensuite changé le planning.

— Qu'elle soit maudite, déclara Rae en faisant semblant de la fusiller du regard.

Kate ne pensait pas que son amie puisse lancer un regard noir à quiconque, elle était juste trop gentille.

— J'ai des insultes plus fortes pour elle, mais oui, c'est plus ou moins ça.

Elles discutèrent toutes les deux, puisqu'elles étaient venues sans rendez-vous et qu'elles n'étaient pas d'humeur à parler avec les autres. Honnêtement, elle ignorait ce qu'elle ferait sans sa meilleure amie quand elle déménagerait à Denver, mais Kate avait le sentiment que curieusement, elles s'assureraient que ça fonctionne.

Rae était en train de parler quand les cheveux sur la nuque de Kate se hérissèrent. Elle se tourna, sachant qui elle trouverait derrière elle. Grayson se tenait à quelques pas de là, ses cheveux parfaitement ébouriffés et sa barbe sexy puisque tout ressortait sous le masque noir qu'il portait. Il avait revêtu un costume, mais pas un smoking, ce qui lui donnait un air plus sexy comme il se démarquait et pourtant, il semblait aussi à l'aise que chez lui. Ses épaules larges remplissaient joliment sa veste et il avait une cravate noire fine idéalement assortie avec le reste du costume. Kate voulait courir et sauter dans ses bras avant de l'embrasser pour qu'ils soient tous les deux à bout de souffle.

Et si elle n'avait pas porté de talons aiguilles sous sa robe longue et pâle, elle aurait pu le faire et aurait donné matière aux ragots des autres invités, pour qu'ils parlent d'autre chose que de son passé.

— Je reviens tout de suite, marmonna Kate à Rae.

Elle savait cependant que son amie n'écoutait pas. L'homme sur la scène chantait une mélodie qu'il n'adressait qu'à une personne et qui appelait Rae. Kate avait le sentiment qu'elle ne verrait plus sa meilleure amie avant un long moment.

Et pour l'instant, cela ne la dérangeait pas.

Parce qu'elle n'avait d'yeux que pour Grayson.

Seulement pour lui.

Elle avança vers lui sans y réfléchir alors qu'il se dirigeait également vers elle. Bientôt, ils se tenaient face à face, masques sur le visage, mais le regard rivé l'un sur l'autre. Curieusement, ils avaient fini au milieu de la piste de danse, et les invités commençaient à murmurer autour d'eux, mais Kate s'en moquait. Elle en avait assez de vivre dans le passé, elle en avait assez de payer pour de soi-disant erreurs.

— Tu es venu, chuchota-t-elle.

Grayson coinça une mèche de ses cheveux derrière son oreille.

— Bien sûr que je suis venu. Je serais bien arrivé plus tôt, mais je devais acheter un foutu masque.

Elle sourit en tendant la main et en caressant le côté de son velours noir.

— Ils en vendaient quelques-uns près de la porte pour ceux qui ne savaient pas que Karly avait rendu ça obligatoire.

Grayson leva les yeux au ciel.

— Je n'en étais pas sûr, mais j'ai le sentiment que même si j'avais su qu'ils les vendaient ici, ils ne m'en auraient pas donné. Le fiancé de Karly me déteste plus ou moins.

Il glissa son bras autour de la taille de la jeune femme et elle posa sa main dans la sienne, l'autre sur son épaule.

— Le fiancé de Karly me déteste aussi, dit-elle en regardant l'homme devant elle et personne d'autre.

Grayson la mena jusqu'à la piste. Ils n'avaient pas besoin de parler de la raison pour laquelle ils dansaient. Elle ne voulait pas que ce soit sa dernière nuit, elle ne voulait pas que cela s'achève, mais ce serait le cas. Il n'y avait aucune autre option. Elle lui annoncerait sa décision d'aller à Denver, bien sûr, mais pas quand il y avait une certaine magie dans l'air qu'elle n'arrivait pas à expliquer. Elle souhaitait que cette soirée ne soit que pour elle et lui, et qu'ils ne s'attardent pas sur ce qui aurait pu être et ce qui était.

Elle s'occuperait de la réalité demain. Ce soir, elle serait dans les bras de l'homme qui lui donnait l'impression qu'elle pouvait tout faire. Celui qui croyait vraiment en elle et qui la regardait comme si elle était la seule femme sur terre.

Mon Dieu, elle détesterait le voir partir.

— Le fiancé de Karly est un con, dit simplement Grayson. Je suis ravi de l'avoir frappé au lycée.

Kate secoua la tête, un sourire se dessinant sur ses lèvres.

— Je viens juste à dire à West que la violence n'était pas une solution, Grayson.

Il haussa les épaules avant de la faire tourbillonner et de lui provoquer un réel sourire.

— Dans certains cas, oui, c'est la vérité. Mais à d'autres moments, les poings sont la seule réponse. Je ne suis pas désolé de l'avoir fait, à cause de ce qu'il a dit. Je suis désolé que tu aies souffert en même temps.

Elle secoua la tête.

— Jason ne m'a jamais frappé.

À part une fois où il l'avait poussée, mais elle n'allait pas le mentionner à Grayson.

— Il utilisait ses mots pour me faire du mal.

Son cavalier plissa les yeux.

— Les mots font aussi mal que les poings, Kate. Tu le sais autant que moi. Je ne suis pas désolé de l'avoir frappé, répéta-t-il. Et j'aimerais dire que j'ai suffisamment grandi pour ne plus le taper s'il te faisait du mal, mais je ne sais pas si j'ai ce genre de volonté.

Elle soupira.

— C'est mon ex, Grayson.

Es-tu mon avenir ?

— Il n'y a aucune raison pour qu'il fasse partie de... ça.

Grayson la fit danser vers le côté de la piste avant de prendre son visage en coupe.

— C'est le père de tes enfants, Kate. Bien sûr qu'il fera partie de ça.

— Mais c'est quoi, *ça*, Grayson ? chuchota-t-elle. Tu pars demain.

Et je vais peut-être emménager juste après toi,

mais je ne suis pas encore prête à le dire. Elle était une lâche, mais elle devait s'assurer que ses bébés étaient préparés avant de leur mettre de quelconques idées en tête. Bon sang, elle devait être certaine que ses enfants étaient heureux avec cette théorie avant de se rapprocher de Grayson, déjà.

Seulement, il était trop tard pour ça, n'est-ce pas ?

Il serra la mâchoire.

— Peut-être que je n'ai pas envie de partir, cracha-t-il. Peut-être que je peux rester ici un peu plus longtemps.

Le cœur de la jeune femme bondit.

— Notre relation est tellement récente, Grayson..., chuchota-t-elle. Tu ne peux pas changer ta vie si soudainement pour quelque chose qui vient de se produire.

— Ah bon ? demanda-t-il furieusement. C'est ma décision, Kate. Si je veux tenter ma chance avec quelque chose dont je vais regretter de m'éloigner, alors je peux tout aussi bien le faire.

— Mais il y a tellement de mauvais souvenirs pour toi, dans cette ville.

Pour moi, aussi.

Il l'embrassa passionnément, devant tout le

monde. Ils avaient chuchoté, mais ils avaient tout de même attiré l'attention sur eux.

— Tu es dans cette ville, Kate. C'est plus que suffisant pour que je songe à rester plus qu'un week-end.

Elle regarda autour d'elle et grimaça.

— Est-ce qu'on peut aller dans un endroit plus privé ? murmura-t-elle.

Il l'embrassa sur la tempe et acquiesça.

— Oui, je ne voulais pas commencer ça ici. Désolé.

Il l'éloigna des yeux indiscrets. Ils finirent devant le bâtiment principal, dans l'entrée, les lumières brillantes au-dessus d'eux étaient aveuglantes après l'auditorium obscur. Il souffla et passa une main dans ses cheveux, arrachant le masque en même temps.

— Merde, je déteste ce truc.

Kate enleva également le sien, heureuse de pouvoir sentir son visage à nouveau.

— Mais tu avais l'air sexy, avec, dit-elle doucement.

Son regard s'assombrit et il effleura sa mâchoire d'un doigt.

— Je ne veux pas que ça s'arrête, Kate. Je ne suis pas venu ici pour te trouver. Bon sang, je ne suis pas venu ici pour trouver quoi que ce soit. Et pourtant... pourtant tu es ici et je n'ai pas envie de te quitter. Comment est-ce que ça peut fonctionner, Kate ? Parce qu'il y a quelque chose entre nous, et je ne veux pas lâcher ça.

Elle se pinça les lèvres, son esprit partant dans un millier de directions. Elle ignorait ce qu'elle pouvait dire pour arranger ça, donc elle prononça la seule chose qu'elle pouvait.

— Je ne veux pas non plus que ça s'achève, mais je ne sais pas comment cela peut fonctionner. Tout va trop vite, Grayson.

Il prit son visage en coupe et se pencha en avant, son corps chaud contre le sien.

— Si ça *signifie quelque chose*, alors la rapidité avec laquelle ça s'est passé n'a pas d'importance. Je ne veux pas te perdre, Kate. Je t'ai juste trouvé.

Les larmes montèrent aux yeux de la jeune femme et elle savait qu'elle devait lui parler de la proposition de Denver. Elle prit une grande inspiration et ouvrit la bouche pour l'en informer, mais elle fut interrompue par les quatre personnes qu'elle avait le moins envie de voir.

— Tu t'encanailles encore, Kate ? ricana Jason à côté d'elle. Je suppose que je ne peux pas être surpris, puisque tu es la même traînée qu'au lycée, que tu as couché avec moi pour t'élever socialement et que pourtant, tu n'as pas été assez douée pour faire quoi que ce soit de ton statut.

La chaleur tinta les joues de la jeune femme et elle se tourna vers l'homme qu'elle pensait avoir aimé. Néanmoins, désormais, elle le savait. Elle ne l'avait jamais aimé et il ne l'avait jamais aimé non plus. Elle avait apprécié l'*idée* qu'on s'occupe d'elle, qu'on l'aime véritablement. Mais finalement, tout ça n'avait été qu'un spectacle. Grayson l'avait chérie davantage en ces quelques jours que Jason ne l'avait fait pendant toutes les années avec elle. Mon Dieu, elle s'était montrée si stupide.

Non, pas stupide.

Juste bien trop jeune pour prendre les bonnes décisions.

Toutefois, elle n'avait plus dix-huit ans et cet homme n'était pas son mari.

— Je ne suis pas d'humeur à te parler, Jason, dit-elle en se tournant vers le groupe.

Karly se tenait à côté de Jason, tout comme Anton, avec sa femme si parfaite à son bras. Elle était silencieuse et avait le regard vide, comme d'habitude.

— Tu n'étais pas d'humeur pour grand-chose, hein ? rétorqua son ex-mari. Je sais pourquoi tu restais sur le dos comme une pétasse froide pour moi, mais pourquoi tu le fais avec Cleary ici présent ? Il ne va rien te donner à part une MST.

— Nom de Dieu, grogna Grayson à côté d'elle. Tu es un loser pathétique qui ne supporte pas quand les autres ne font pas ce que tu veux, donc tu t'adresses comme ça à ton ex-femme ? Merde, mec, grandis un peu.

Jason plissa les yeux et Kate tenta instinctive-ment de s'agripper à la main de Grayson, ayant peur de ce qui arriverait ensuite. Les pupilles de Jason aperçurent le mouvement, et il les fusilla du regard.

— J'aurais dû te faire renvoyer quand j'en avais l'occasion, Cleary. Mais ce n'est pas comme si tu avais de l'importance pour moi, à présent. Tu es toujours un putain de loser qui ne peut rien finir et qui n'a *rien* à lui. À part une pute de mère, un alcoolo de père et ici, une salope pour le week-end. Je parie que Kate a hâte d'écarter les jambes pour toi. Bon sang, je parie qu'elle a laissé tomber sa culotte depuis longtemps, maintenant.

Il se tourna vers elle.

— Tu te tapais Cleary quand tu étais avec moi ? Bon sang, pas étonnant que West te ressemble plus qu'à moi et cette petite merde n'est pas aussi talen-tueuse que le reste de la famille. Je parie que le gamin est celui de Cleary et pas le mien.

Ses yeux s'illuminèrent.

— Et si je le chuchote à la bonne oreille, je sais que je trouverais une façon d'échapper à la somme obscène que tu me demandes de payer pour la pension alimentaire de deux gosses qui ne servent à rien à part me faire perdre mon temps.

Kate n'avait pas su ce qu'elle ferait jusqu'à ce que la douleur traverse son bras et sa colonne vertébrale. Son poing était venu merveilleusement à la rencontre du nez de Jason, le craquement fut écœurant sous ses articulations. Elle devait remercier ses talons puisque, sans eux, elle n'aurait pas pu toucher ses narines à la plastique parfaite dans le bon angle.

— Pétasse ! s'étouffa-t-il alors que les autres l'entouraient pour prendre soin de lui.

Grayson attrapa la main libre de Kate et la tint contre lui, la protégeant au cas où quelqu'un se vengerait.

— Peut-être que j'en suis une, Jason, mais je suis toujours une mère.

Les larmes lui picotaient les yeux, mais elle était bien trop en colère pour s'en préoccuper si elles coulaient sur ses joues. Que ceux qui pensaient que les émotions étaient une faiblesse aillent se faire foutre. Qu'ils aillent tous se faire foutre.

— Tu parles de nos bébés. Nom de Dieu. Quelle

idiote j'ai été de t'épouser et encore plus d'avoir des enfants avec toi ? Je savais que tu me détestais et que tu ne m'avais jamais aimé, mais je croyais que tu avais un semblant de décence paternelle pour nos petits.

Elle roula les épaules en arrière.

— J'ai la garde exclusive de *mes* enfants, Jason, et je serais maudite si je te laissais leur faire du mal.

— Tu n'as pas assez d'argent pour payer des avocats et nous faire face au tribunal, cracha Karly.

— Calme ta langue de serpent, ma grande, gronda Kate en retour. La décoloration de tes cheveux altère ton cerveau. Ce sont *mes* enfants. Si tu t'approches d'eux, je t'étripe.

Grayson était près d'elle, prêt à se battre avec ses poings (elle pariait qu'il pensait la même chose qu'elle) si elle avait besoin de lui. Qu'il ne l'ait pas seulement défendue, mais qu'il se soit tenu à côté d'elle pour la laisser cogner en disait long.

Mais c'était trop, d'un coup, et elle ne pouvait plus respirer.

— Je ne peux plus faire ça, chuchota-t-elle. Nous ne sommes plus au lycée, nom de Dieu. Nous sommes des adultes, et je viens de *frapper* un homme. C'est juste que... je n'y arrive plus.

Sur ces mots, elle se tourna sur ses talons et

courut loin du bâtiment, laissant son masque tomber à ses pieds. Les autres l'avaient peut-être regardé partir, mais elle n'en savait rien. Elle savait seulement qu'elle ne pouvait plus rester là à écouter Jason cracher ses mots blessants et Karly être la pétasse habituelle. Elle ne pouvait plus autoriser Anton à la juger et elle ne pouvait plus être blessée encore et encore par des gens qui ne devraient pas représenter plus pour elle qu'un souvenir passé.

Néanmoins, elle avait également abandonné Grayson avec eux, ignorant quoi faire d'autre. Il l'avait vu sous son pire jour, entendant les accusations que son ex lui jetait au visage, et elle n'était pas sûre de pouvoir lui faire face à nouveau.

Pourquoi voudrait-il encore d'elle quand elle était si tordue ? Elle avait plus de bagages que tout ce qu'elle aurait cru imaginable pour son âge et elle savait que la seule chose possible pour protéger ses enfants et l'homme auquel elle tenait, c'était de s'enfuir et de s'assurer que ses bébés étaient en sécurité.

Elle était de trop pour Grayson Cleary.

De trop pour elle.

Et peut-être qu'un jour, la douleur d'avoir eu quelque chose de si précieux pendant si peu de temps ne lui ferait plus aussi mal que maintenant.

Peut-être, un jour... mais, ce soir... ce soir, elle

laisserait la peine s'installer. Parce que si l'agonie traversait ses veines, cela signifiait au moins qu'elle ressentait *quelque chose*.

Et c'était plus que tout ce qu'elle avait depuis des années.

Avec cette torture et tout le reste.

CHAPITRE HUIT

LES AUTRES PARTIRENT RAPIDEMENT s'occuper du nez de Jason et tout ce que Grayson
pouvait faire, c'était de rester planté là, comme un
idiot, essayant de comprendre ce qui venait juste de
se produire. Il *savait* que Jason était un salaud, mais
bon sang, il n'avait pas imaginé qu'il soit si cruel avec
Kate.

Grayson avait eu envie de s'interposer et frapper
ce mec. Il n'avait jamais été aussi fier (et honnêtement surpris) quand Kate lui avait mis un coup de
poing. Il n'était pas étonné qu'elle se soit défendue
puisqu'il savait qu'elle était bien plus forte que ce
que les autres voulaient bien le penser, mais il avait
été sacrément ébahi qu'elle utilise la violence, surtout
après leur conversation précédente.

Il avait l'impression que leur danse s'était déroulée une éternité auparavant, et non dix minutes plus tôt. Pas étonnant que tous les deux, ils aient le sentiment d'être sur un grand huit, s'accrochant à leur vie en prenant les virages à toute vitesse.

Bon sang, il venait juste de la laisser partir, mais pas parce qu'il voulait qu'elle s'en aille, il souhaitait s'assurer que les salauds ne la suivraient pas. S'il ne se dépêchait pas maintenant, cependant, il allait la rater. Et il serait maudit s'il la laissait glisser entre ses doigts.

Il jeta son masque dans la poubelle, saisit celui de Kate en même temps, et croisa le regard de Leah de l'autre côté de la pièce. Il avait su qu'elle viendrait au bal, mais comme d'habitude, avec sa meilleure amie, ils n'avaient pas besoin de mots pour comprendre ce que pensait l'autre.

Il eut un hochement de tête de sa part. *Va récupérer ta copine.*

Il serra la mâchoire. *J'espère que ce n'est pas trop tard.*

Elle leva les yeux au ciel. *Alors, vas-y, crétin.*

Il soupira. *Je m'en charge. Ne gâche pas tout non plus.*

Il savait qu'elle traversait ses propres problèmes, et pourtant, elle ne s'était pas appuyée sur lui pour avoir de l'aide. Il serait là pour elle quand ce serait nécessaire, il était venu à cette réunion d'anciens élèves après tout, mais maintenant, il avait besoin de voir Kate.

Pour une fois, il ferait ce qui était le mieux pour lui, pour *eux*, et il essaierait de tout sauver avant que ce ne soit trop tard.

Il ouvrit les doubles portes qui menaient au parking et chercha la robe d'un vert pâle que Kate portait. Elle avait été si sexy quand il avait posé les yeux sur elle pour la première fois de la soirée, comme si elle sortait d'un film. Il avait littéralement dû prendre sa respiration avant de s'approcher d'elle et de passer les bras autour d'elle.

Il ne pouvait pas l'autoriser à le quitter. Pas encore. Et avec un peu de chance, jamais.

— Tu vas juste t'enfuir et laisser ta bonne femme se battre pour toi ? cria Jason derrière lui.

Du moins, Grayson pensait que c'était ce que l'autre avait dit. Puisque du sang coulait sur un mouchoir en papier sous son nez, les mots avaient jailli de façon un peu confuse. Il se tourna pour faire face à Anton et Jason.

Grayson secoua la tête.

— Tu n'es pas sérieux.

Anton plissa les yeux.

— Tu étais une merde avant, et tu es une merde maintenant. Retourne d'où tu viens, Cleary.

— Nous ne sommes plus au lycée, les gars, il n'y a plus d'enseignants pour me mettre en retenue parce que je vous aurais tabassé.

Ils écarquillèrent les yeux.

— Et ouais, je pourrais probablement m'occuper de votre cas à tous les deux. Je travaille avec mes mains à longueur de journée et ça fait peut-être de moi un ouvrier, soit un moins que rien pour vous, mais ça veut dire que je peux porter un peu plus de poids que vous et me battre salement s'il le faut. Tous les deux, vous êtes restés assis trop longtemps, à dénigrer des gens comme Kate et moi, alors que c'est de nous dont vous avez besoin pour être dorloté. Donc, allez vous faire foutre tous les deux.

Grayson glissa ses mains dans ses poches, comme s'il se moquait de tout, même s'il était prêt à frapper si nécessaire.

— Vous êtes insignifiants pour moi et ça ne me dérangera pas de vous frapper si j'y suis obligé, mais je suis presque certain que Kate s'est occupée de ça pour nous deux.

Jason plissa les yeux, mais Anton posa la main sur l'autre homme, l'arrêtant. Grayson ne savait pas vraiment ce que le dentiste rétorquerait, mais le groupe se retourna et il soupira. Merde, cela avait pris trop longtemps et il espérait qu'il pouvait encore rattraper Kate... peu importait où elle était.

Un éclat vert attira son attention et il se tourna légèrement pour la voir se tenir à côté de son pick-up, et elle le regardait. Il courut vers elle, ignorant ce qu'il dirait, mais étant conscient qu'il devait déclarer *quelque chose*.

— Sacrée frappe, cracha-t-il quand il s'arrêta juste devant elle.

Au lieu de mettre ses mains dans ses poches à nouveau, comme il devrait probablement le faire, il tendit les doigts et les posa sur ses bras. Il ne faisait pas si froid puisque c'était le milieu de l'été au Texas, mais une fois que le soleil s'était couché, le frais sur un air sec était suffisamment mordant.

— Je n'arrive pas à croire que je l'ai cogné, chuchota-t-elle, son corps tremblant.

Il jura, avant d'enlever sa veste pour la passer autour de ses épaules nues, agacées contre lui-même parce qu'il l'avait laissée avoir froid.

— Il le méritait, chérie. Tu le sais. Je l'aurais frappé pour toi, mais je me suis dit que tu avais la situation en main.

Elle leva ses grands yeux vers lui et s'enroula dans sa veste.

— Quel genre de messages j'envoie à mes enfants en attaquant leur père comme ça ?

Il plissa les yeux, la mâchoire serrée.

— Jason ne dira à personne que tu l'as tapé. Ça blesserait son ego d'avouer qu'une femme l'a agressé. Et nous deux, nous ne l'apprendrons pas à West et Lili. Nous n'évoquerons même pas ce que Jason a évoqué ce soir. Ils ne méritent pas cette douleur et toi non plus.

Il ne trouvait pas cela étrange de parler comme s'il ferait encore partie de la vie des enfants après ce soir, et rien que ça, c'était bizarre.

Elle secoua la tête.

— On va vite, Grayson. J'ai peur.

Il souffla et croisa son regard.

— On continue de dire qu'on va trop vite, et par ailleurs, on poursuit notre progression. Peut-être qu'il y a une raison.

Elle lui lança un petit sourire, mais il vit l'inquiétude dans son regard.

— Qu'est-ce qu'on fait, Grayson ? Je n'arrête pas de te demander ça, et pourtant on continue de fuir le fait qu'on n'en sait rien.

Il secoua la tête.

— Nous sommes *quelque chose*. Au fond, je le sais. Je n'ai jamais été amoureux avant, Kate, mais je pourrais tomber amoureux de toi. Bon Dieu, je suis déjà à mi-chemin.

Elle écarquilla les yeux.

— C'est un pas immense, Grayson.

Il prit son visage en coupe.

— Ah oui ? Et qu'est-ce que tu ressens pour moi ? S'il n'y avait pas d'autres problèmes, si nous n'avions pas à nous occuper des enfants ou de la géographie, qu'est-ce que tu éprouverais pour moi ? Qu'est-ce que tu *pourrais* ressentir pour moi ?

Il savait qu'il devait la pousser, même si cela le brisait d'entendre la réponse. Il avait traversé tellement d'enfer dans sa vie, mais à ce moment-là, il *savait* que c'était simplement parce qu'il avait besoin d'*elle*.

— J'ai existé, Kate. J'ai naïvement vécu avant de revenir et de te voir. Maintenant, j'en veux plus. Je ne veux pas simplement être, je veux grandir, je veux découvrir qui je suis quand on est ensemble. Je veux ressentir plus qu'une existence où je respire chaque jour. Je veux t'aimer, Kate. Je veux avoir cette chance.

Il marqua une pause, son cœur tambourinant.

— Maintenant, dis-moi. Que pourrais-tu éprouver pour moi ?

— Je pourrais tomber amoureuse de toi,

chuchota-t-elle. Et tout comme toi, je suis en train de le faire. Mais j'ai cru tomber amoureuse, un jour, et j'ai presque tout gâché parce que j'avais tort. Je ne veux plus recommencer.

Il baissa la tête pour appuyer son front contre celui de Kate.

— Je peux rester.

Il avait déjà prononcé ces mots auparavant, et il les avait pensés, mais c'était douloureux. Il détestait Catfish Creek et tout ce qui allait avec. Néanmoins, pour Kate et un avenir avec elle, il resterait.

— Tu détesterais.

Elle l'embrassa doucement avant de reculer.

— Moi aussi, je détesterais.

Il écarquilla les yeux.

— Tu ne veux pas que je reste ?

La douleur le heurta et il fit de son mieux pour ne pas le montrer, mais il sut qu'il avait échoué.

Elle tendit la main et la posa sur son torse, par-dessus son cœur.

— Ce n'est pas ce que je voulais dire. Je détesterais que tu sois blessé si tu demeurais ici.

Elle détourna le regard, un froncement de sourcils marquant son visage.

— Moi aussi, j'ai commencé à haïr cet endroit. Avant

même que tu reviennes. Seules Rae et Tessa m'ont vraiment aimé pour ce que j'étais, avant toi. Tout le monde voyait ce que je ne souhaitais *pas faire*, au lieu de ce que je faisais. Ça me tuait lentement tous les jours et, franchement, je savais que je voulais quelque chose de plus.

Elle prit une grande inspiration et croisa son regard. Il tendit la main et saisit les siennes, ayant juste besoin de la toucher même si c'était la fin. Mais bon sang, il n'avait tellement pas envie que ce soit terminé.

— Je ne sais plus qui je suis, parfois, mais rester ici n'est plus une option.

Il se figea.

— Qu'est-ce que ça signifie, Kate ? Tu vas devoir m'expliquer.

Elle soupira.

— J'allais te le dire avant que Jason et les autres arrivent, mais voilà.

Elle croisa son regard, une nouvelle détermination qu'il appréciait se lisant sur son visage.

— Avant ça… avant tout, j'ai candidaté dans trois universités hors de l'État qui avaient les programmes et les bourses que je voulais. J'ai appris que j'avais été acceptée dans les trois, cette semaine. Chacune d'entre elles propose de tout payer *et* de me verser un salaire pour que je puisse m'occuper des enfants, aussi.

Elle souffla.

— Nebraska, Wyoming et... Denver.

Il cligna des yeux.

— Denver ? Nom de Dieu, pas étonnant que tu aies été confuse.

Tout se mettait en place et il la serra contre lui.

— Tu es si géniale, chérie. Tu as été acceptée dans *trois* facs qui non seulement te veulent, mais te désirent tellement qu'ils souhaitent te payer ? Je suis tellement fier de toi. Ce n'est pas surprenant que tu aies flippé. Je sais que tu as dit que c'était difficile à cause de tes parents et de la façon dont les autres te traitaient. Maintenant, tu as une chance de tout recommencer, mais si l'une des universités est à Denver, je vois pourquoi c'était compliqué pour toi.

Il secoua la tête, serrant ses mains.

— Parce que tu pensais que si tu te renseignais sur cette offre, tu le ferais peut-être pour moi plutôt que pour toi-même. Comme tu l'as fait avec Jason.

Il essayait de ne pas trop espérer ni de trop réfléchir à ce que cela signifierait si elle déménageait à Denver parce qu'il ne pouvait pas prendre part à cette décision. Il ne le *pouvait pas*. Mais il allait faire en sorte qu'elle sache qu'il serait là pour elle, peu importait ce qu'il se passait.

Kate leva les yeux vers lui, la bouche ouverte.

— Comment... comment me connais-tu si bien ?

Il glissa ses pouces sur sa mâchoire.

— Tu me connais aussi, Kate. Eh oui, je devine que c'est un peu effrayant, n'est-ce pas ?

— Tu ne vas pas demander quelle école j'ai choisie ?

Il baissa la tête, effleurant ses lèvres avec les siennes.

— Je sais celle que je veux que tu sélectionnes, mais je suis également conscient que c'est ta décision et que tu me l'annonceras quand tu seras prête.

Elle l'embrassa alors passionnément, leurs corps serrés l'un contre l'autre et il savait qu'il pouvait l'appuyer contre le pick-up et faire ce qu'il désirait avec elle en un instant.

— J'ai choisi Denver, Grayson.

Son cœur tambourina dans ses oreilles.

— Ah oui ? croassa-t-il.

Elle passa ses mains sur le visage de son homme, puis dans sa barbe. Il s'était peut-être suffisamment apprêté pour le bal, mais il n'avait pas pu se raser. En plus, il savait que Kate aimait ça.

— C'est le meilleur endroit pour mes enfants, la

meilleure école pour moi et la meilleure solution financière. Et Grayson ? Tu y es. Je sais, *je sais*, je ne prends pas cette décision juste à cause de toi, mais je ne peux pas mentir et te dire que tu ne fais pas partie de mon choix. Parce que tu fais partie de tout et je ne le nierai jamais.

Il l'embrassa brusquement, son pouls se précipitant.

— Tu vas tellement aimer Denver.

Elle lui sourit.

— Ah oui ? Tu me montreras tous les bons restaurants et tu m'aideras à prendre des décisions si je suis confuse ?

Il acquiesça.

— Bien sûr, mais te connaissant, tu auras une liste avec des couleurs pour tout et tu m'enseigneras probablement quelques petites choses.

Elle rit.

— Je n'arrive pas à croire que je fais ça, mais les enfants sont prêts à partir. Nous en avons déjà discuté un peu. Je voulais attendre de te parler avant de les tenir au courant, surtout pour Denver, mais ils détestent vivre ici. Je sais que les faire déménager à nouveau après seulement deux ans, ça va être compliqué, mais je vais faire de mon mieux pour m'assurer qu'ils ont tout ce dont ils ont besoin.

— Je le sais bien. C'est pour ça que tu es une mère géniale. Et Kate ? Pendant que tu fais ça, je t'assurerais que tu as tout ce dont tu as besoin.

Elle lui lança un grand sourire et écarquilla les yeux.

— On va vraiment faire ça.

Il l'embrassa à nouveau.

— Oui.

— Et... ce n'est pas *juste* pour moi, mais c'est quand même pour moi. Et pour toi. C'est pour mes enfants. Pour moi. Et pour nous... pour ce que nous pourrions être.

Il passa ses bras autour d'elle, l'embrassa passionnément. Ils étaient loin d'être un couple solide, mais il savait que cette étape signifiait quelque chose. Il avait dans ses bras la femme de laquelle il était tombé amoureux trop jeune, la même pour laquelle il avait à nouveau de forts sentiments trop vite. Même si elle déménageait à Denver, il avait conscience qu'elle n'emménagerait pas avec lui et, honnêtement, il ne voulait pas ça. Ils avaient besoin de temps ensemble et c'était ce dont ils s'étaient inquiétés, de toute façon. Tant qu'il n'y avait pas cette horrible distance, ils pouvaient tout gérer avec du *temps*.

Il lui montrerait exactement l'homme qu'il était

devenu et il apprendrait chaque petit détail sur elle. Il avait hâte de tout dévoiler.

Il avait peut-être abandonné Catfish Creek en tant que décrocheur et loser, mais il partirait cette fois-ci avec la seule chose qu'il ne s'attendait pas à trouver ici.

L'espoir.

Il passa ses doigts sur le flanc de Kate.

— Tu veux faire quelque chose qu'on n'a jamais fait au lycée ?

Elle haussa un sourcil.

— Pourquoi ça me semble menaçant ?

— Tout ce que tu as à faire, c'est de me faire confiance, Kate.

Elle glissa sa main sur la sienne.

— Confiance ? Ça, je peux te l'accorder, Grayson. Toujours.

Et si cela ne le faisait pas tomber amoureux d'elle, il ne savait pas ce qu'il faudrait.

— C'est ça, Kate, chevauche-moi.

Il s'agrippa à ses hanches, s'arquant dans sa chaleur mouillée alors qu'elle s'accrochait à lui.

— Je vais encore me taper la tête contre le

plafond, le taquina-t-elle alors que ses muscles internes se contractaient.

Grayson grogna, raffermissant sa poigne sur elle alors qu'il se penchait en avant pour capturer son téton dans sa bouche. Il le suçota ardemment et elle se cambra contre lui, jouissant autour de sa verge en criant son nom.

Il donna davantage de coups de reins, ses testicules se serrant avant de jouir en même temps qu'elle, loin d'être satisfait quand il s'agissait de cette femme.

— On a mis de la buée sur les vitres, haleta-t-elle en se penchant vers lui.

Il l'embrassa et il lui lécha le cou, ayant besoin d'avoir davantage de son goût en bouche.

— Oui, j'en suis sûr, comme tu m'as sucé avant de me chevaucher comme la cow-girl texane que tu es.

Elle rit contre son cou et sa respiration se calma.

— Tu avais raison, tu sais.

Il l'embrassa sur l'épaule.

— Ah oui ? À propos de quoi ?

— Je n'ai jamais fait ça au lycée.

Elle leva les yeux et regarda à l'extérieur de la voiture.

— Je veux dire, être adolescent et aller dans un parking pour se rouler des galoches ? Je n'avais carrément pas le temps pour ça avec toutes mes classes supplémentaires.

Il cambra les hanches, son sexe toujours enfoncé profondément en elle.

— Je n'ai jamais eu le temps de le faire non plus. Et, chérie, on a fait plus que de se rouler des galoches.

Elle cligna des yeux et l'embrassa à nouveau.

— Alors je devine qu'on ne devrait plus faire de bruit avant que les flics arrivent.

— Quelqu'un s'apprête à venir et ce ne sont pas les flics, plaisanta-t-il.

Elle rit avec lui.

— Crétin, souffla-t-elle.

— Je suis ton crétin, répondit-il en la regardant.

— J'aime bien ce que tu dis, chuchota-t-elle. J'aime beaucoup.

— Bien, dit-il doucement. Parce que tu vas l'entendre pendant encore longtemps.

Pour toujours, s'il avait son mot à dire, mais il allait accepter le présent autant que possible. Parce que certaines choses prenaient du temps et tomber amoureux de la femme qu'il n'aurait pas pu avoir par le passé, mais qu'il avait maintenant était l'une d'entre elles.

ÉPILOGUE

TROIS ANS plus tard

— Pourquoi ai-je pensé qu'aller à la remise de diplôme enceinte était une bonne idée ? De jumeaux, qui plus est, demanda Kate en essayant de faire passer son vêtement sur son gros ventre.

Grayson se tenait derrière elle pour qu'ils se voient tous les deux dans son grand miroir, et il lui adressa un clin d'œil. Lorsqu'il enroula ses bras autour de son ventre, elle fut honnêtement surprise que leurs mains puissent se toucher.

— Tu es magnifique. Si tu continues de te dénigrer, je vais peut-être devoir te punir.

Même enceinte de huit mois avec des jumeaux, elle frissonnait toujours dans son étreinte.

— West et Lily peuvent franchir cette porte à n'importe quel moment, maintenant, à se demander pourquoi nous sommes en retard.

Grayson l'embrassa dans le cou et elle ferma les yeux, s'appuyant contre lui.

— Ils nous ont déjà vus nous embrasser. Beaucoup. Ils sont passés à autre chose quand j'ai emménagé.

Elle leva les yeux au ciel quand il l'aida à enlever sa robe de cérémonie, puisqu'elle ne voulait pas la porter pendant le trajet en voiture.

— Je pense qu'ils t'aiment plus qu'ils ne m'aiment moi.

Il haussa les épaules, ses iris pétillants.

— Je suis un super beau-père, qu'est-ce que je peux dire ?

Elle enlaça son flanc, tombant à nouveau amoureuse de lui. Ils avaient emménagé dans une maison qu'ils avaient achetée ensemble six mois après son arrivée à Denver. Ils s'étaient mariés seulement trois mois plus tard, avec ses enfants et ses meilleures amies de Catfish Creek à ses côtés.

— Tu *es* un super beau-père.

Elle posa sa main sur la sienne, où il couvrait son ventre.

— Et tu seras aussi un super père.

Grayson sourit en la regardant et elle retint un soupir. Cet homme la faisait sérieusement tomber en pâmoison parfois.

— On devrait y aller.

Il l'embrassa passionnément sur les lèvres.

— Ma mère et mes sœurs sont probablement déjà là-bas puisqu'elles aiment arriver plus tôt que tôt.

Il prit son visage en coupe.

— Tu es sûre que cela ne te dérange pas que tes parents viennent ?

Son cœur lui faisait sacrément mal, mais elle respira pour que ça passe.

— Ils seront ici quand les enfants seront nés. Nous faisons de petits pas.

Ils n'avaient pas été ravis lorsqu'elle avait démé-nagé, et ils n'étaient certainement pas heureux qu'elle épouse Grayson. Ils étaient peut-être marginalement d'accord avec le fait qu'elle ait enfin un diplôme univer-sitaire, mais elle n'était pas prête à les laisser entrer entièrement dans sa vie alors qu'ils lui avaient donné l'impression d'être une moins que rien pendant si long-temps. Comme elle avait dit, il fallait y aller pas à pas.

— Je t'aime, déclara Grayson après un moment. Je ne pense pas te l'avoir dit aujourd'hui.

Elle sourit, son cœur s'ouvrant encore davantage pour l'homme devant elle.

— Tu l'as fait quand je me suis réveillée.

Grayson fit un clin d'œil.

— Eh bien, oui, j'imagine que j'avais besoin de le redire.

— Moi aussi, je t'aime, chuchota-t-elle. Je t'aime de plus en plus chaque jour. Merci d'avoir embarqué pour ce voyage avec moi. Pour avoir tenté ta chance et être tombé amoureux d'une mère célibataire qui voulait finir l'université. Je ne suis pas la fille que j'étais et je ne suis même pas la femme dont tu as commencé à tomber amoureux, mais je suis heureuse que tu sois avec celle que je suis, désormais.

Grayson effleura ses lèvres avec les siennes.

— Nous serions peut-être tombés amoureux l'un de l'autre quand nous étions plus jeunes, si nous en avions eu l'occasion, mais je dois dire que j'aime t'avoir maintenant. Tout entière.

Les voix de West et Lili résonnèrent dans le couloir, devant la porte et Kate sourit. Elle était réellement la femme la plus chanceuse du monde. Elle avait son mari, ses enfants, un diplôme pour lequel elle avait travaillé dur, un nouveau travail qu'elle commencerait bientôt et un avenir où seul le ciel était la limite.

Kate n'avait jamais été du genre à apprécier les réunions des anciens élèves par le passé, mais elle avait le sentiment que lorsque le vingtième anniversaire de leur bac arriverait, Grayson et elle devraient faire leur apparition.

Ce serait leur anniversaire de rencontre, après tout, et il n'y avait rien de tel que de parcourir la route des souvenirs... tant qu'elle avait son mari barbu, tatoué et sexy à ses côtés.

***

La série se poursuit avec Motifs troubles, suite des Montgomery de Denver.

NOTE DE CARRIE ANN

Je vous remercie d'avoir lu À l'encre de nos vies. Si vous avez aimé cette histoire, j'espère que vous envisagerez de laisser un avis ! Les avis sont utiles pour les auteurs *et* les lecteurs.

Je suis honorée que vous ayez lu ce livre et que vous aimiez les Montgomery autant que moi !

La série se poursuit avec Motifs troubles, suite des Montgomery de Denver.

Pour vous assurer d'être informé de toutes mes nouvelles parutions, inscrivez-vous à ma newsletter sur www.CarrieAnnRyan.com ; suivez-moi sur Twitter @CarrieAnnRyan, ou sur ma page Facebook. J'ai également un Fan Club Facebook où nous discutons de sujets divers, avec annonces et autres goodies. C'est grâce à vous que je fais ce que je fais, et je vous en remercie.

N'oubliez pas de vous inscrire à ma LISTE DE DIFFUSION pour savoir quand les prochaines publications seront disponibles, participer à des concours et obtenir des *lectures gratuites*.

Bonne lecture !

Montgomery Ink

Tome 0.5 : À l'encre de ton cœur

Tome 0.6 : À l'encre du destin

Tome 1 : À l'encre déliée

Tome 1.5 : À l'encre de ton âme

Tome 2 : À dessein prémédité

Tome 3 : D'encre et de chair

Tome 4 : Attrait pour trait

Tome 4.5 : À l'encre des secrets

Tome 5 : Entre les lignes

Tome 6 : En pointillé

Tome 6.5 : À l'encre de nos rêves

Tome 7 : Nos desseins ravivés

Tome 7.3 : À l'encre de nos vies

Tome 7.5 : À l'encre de nos choix

Tome 8 : Motifs troubles

Tome 8.5 : À l'encre de ton corps

Tome 8.7: À l'encre de l'espoir

Et d'autres encore !

DE LA MÊME AUTRICE

Montgomery Ink:

Tome 8: Motifs troubles

Tome 8.5: À l'encre de ton corps

Tome 8.7: À l'encre de l'espoir

Les Frères Gallagher:

Tome 1: Un amour nouveau

Tome 2: Une passion nouvelle

Tome 3: Un nouvel espoir

Redwood:

1. Jasper

2. Reed

3. Adam

4. Maddox

5. North

6. Logan

7. Quinn

Griffes

1. Gideon

Pour plus d'informations, abonnez-vous à la LISTE DE DIFFUSION de Carrie Ann Ryan.

À PROPOS DE L'AUTEUR

Carrie Ann Ryan n'avait jamais pensé devenir écrivaine. C'est seulement quand elle est tombée sur un roman sentimental alors qu'elle était adolescente qu'elle s'est intéressée à cette activité. Lorsqu'un autre romancier lui a suggéré d'utiliser la petite voix dans sa tête à bon escient, la saga *Redwood* ainsi que ses autres histoires ont vu le jour. Carrie Ann a publié plus d'une vingtaine de romans et son esprit foisonne d'idées, alors elle n'a guère l'intention de renoncer à son rêve de sitôt.